味绝天下

周浩晖 著

江苏凤凰文艺出版社

目 录/

/ 001　　西施笑

/ 057　　惜鳞鱼

/ 077　　欢喜霸王脸

/ 095　　醉　虾

/ 115　　拆烩鲢鱼头

/ 131　　三吃三套鸭

/ 151　　味绝天下

西施笑

"竹外桃花三两枝，春江水暖鸭先知。蒌蒿满地芦芽短，正是河豚欲上时。"

这是宋代文豪苏轼所做的一首七绝。文中提到的"河豚"乃是一种洄游习性的鱼类，与鲥鱼、刀鱼齐名，并称为"长江三鲜"。

河豚的美味天下皆知，苏东坡另有赞曰："食河豚而百无味"，颇有一种"曾经沧海难为水"之意境。而民间的描绘则是直白而又生动——家乡的老人常常会说：吃起河豚来"打着耳刮子也不丢"，意思是就算有人猛扇你的耳光，你也不会舍得松口。

如此美味，却又被很多人视为可怖的洪水猛兽。

与苏东坡同处宋代的诗人梅尧臣也曾留下五言诗句，描绘出河豚鱼令人心悸的一面：

"河豚当是时，贵不数鱼虾……皆言美无度，谁谓死如麻！"

梅尧臣绝非危言耸听，河豚鱼确实能致人于死地。因为它的体内含有一种特殊的毒素，其毒性比氰化纳还要大一千倍，一条河豚鱼足以让一桌食客中毒身亡！且河豚之毒，至今尚无药可解。

号称世间最鲜美的鱼类却带有可怕的剧毒，这也许是造物主对天下食客开得最大的一个玩笑吧？

河豚，便如一个面貌娇艳却又心如蛇蝎的倾城美女，让人又爱又怕。你无法抵挡她的诱惑，可这种诱惑又是同致命的危险相伴而来。

在江南一带，自古嗜食河豚。虽说通过清洗可以去除河豚身上有毒的部位，但无论如何食用河豚都是一件极其危险的事情，所以在江南一带还流传着一句民间俗语：

"拼死吃河豚。"

相传昔日友人曾烩制一桌河豚，请苏东坡赴宴。苏东坡坐下之后，二话不说，甩开膀子就吃，直到酒足饭饱，才问友人："河豚剧毒，食之可丧命，知否？"友人点头，苏东坡却把筷子一拍，长叹一声道："据其味，虽死足矣！"

这便是"拼死吃河豚"的气势。

在江南一带，每年因食用河豚而中毒身亡的人一度数以百计。相关部门不得不发布"禁食令"，禁止加工、买卖、食用河豚鱼及其相关产品，从此这道美味便渐渐远离了寻常人家的餐桌。

不过近年来情况又有所变化，这得益于河豚的人工养殖技术。

通过对河豚饲料的严格控制，已经能培育出低毒甚至是无毒的河豚鱼。于是每到烟花三月之时，河豚鱼又成了扬州各大酒楼的招牌菜，专门把江鲜作为经营特色的"满江红"亦不例外。

在品尝美味这件事情上，我素来是不甘人后的。那天日暮时分，我独坐在满江红二楼一角，点起几道佳肴，浅杯慢饮，自得闲情雅趣。

我坐在一个靠窗的位置，窗外便是滔滔不息的运河。夕阳的余晖洒在河面上，泛起迷人的荧光。我被这番美景吸引了，一边饮酒品菜，一边向着河面上眺望。直到那夕阳落入地线，我才恋恋不舍地将目光收了回来。再摆首四顾，酒楼内早已宾朋满座，人声喧繁。

忽然之间觉察到有一双目光正向我凝视，顺势看去，却见一名老者坐在二楼的死角处。他也是独自一人，面前无酒无菜，只在手中捧了一杯茶水。老者对我很是关注，两眼则直勾勾地看着我，即使视线相撞，也没有半点退缩之意。

我便举起酒杯冲老者晃了晃，意思是邀对方过来同坐。

老者应了我的邀请，起身向我走来。他的身形削瘦，腰背略略有些驼着，步伐却还矫健。我欲招呼服务员过来加点酒菜时，被老者摇手制止。

"我坐坐就好。"说话间对方已坐在我的对面。这老者的头发已经花白,脸上布满皱纹,想必得有七八十岁的高龄。相对于这个年纪,他的精神头真算是不错。

"老爷子怎么称呼?"我客客气气地打了个开场白。

"我姓王。"老者将茶杯凑到唇边轻啜一口,又道,"在这酒店里我挂个虚名,算是后厨的顾问。"

我赶紧谦卑拱手:"哎呀,王老师,不得了不得了,厨界前辈!"我这话不算是拍马屁。满江红也算是扬州城第一流的酒店了,能在这里的后厨当顾问,此人绝不是等闲人物。

老者却把头一摇,说:"老师这词我听不习惯。我就是个做菜的厨子,叫我王师傅就好。"

对方说得坦诚,我也无须矫情,便应允道:"好。"然后又自我介绍:"我姓周,也算是满江楼的常客了。"

王师傅"嗯"了一声,抬起眼皮,对着我的脸庞专注打量。

我不知他为何对我这么感兴趣,便半开玩笑般问道:"王师傅,您是看我一个人太孤单了,所以想过来陪陪我吗?"

"我想和你聊聊……因为你算得上是个食客——我已经很久

没在店里看到真正的食客了。"王师傅一边说一边转动着手里的茶杯，缓慢而又郑重，他的目光则转向了桌上的餐盘。

我点了三个菜。一道凉菜是烫干丝，小小的一碟，清爽开胃；一道餐后汤是文思豆腐羹，滑腻滋润；主菜则是一道秧草烧河豚。

河豚如若红烧，需重糖重油，以十足的火候炖至酥烂，这才能将鱼肉的鲜美渲染到极致。但如此做法略过油腻，需在配菜上用些心思。秧草性凉清淡，能吸油解毒，并且本身的独特香味也与河豚的鲜美相得益彰。烟花三月品河豚，秧草正是配菜的不二之选。

我素来以美食家自居，这三样菜点来算是颇有心得。今天能得到厨界前辈的赞誉，心中不免暗喜。不过我嘴上还是要谦虚一下的——我抬手在二楼厅堂间虚虚一指，笑道："难道这满屋子的都不算食客？"

王师傅翻了翻眼皮，反问："哪里有？我可一个都没看见！"

"你看那一桌酒菜丰盛，有冷有热的，荤素搭配也好。他们算不上食客吗？"我说的是厅堂正中的一桌男宾，他们面前菜品精致，喝的酒也很高档。看样子不是商务宴请，就是吃公款的招待宴会。

王师傅从鼻孔里哼出一声,鄙夷地说道:"他们?酒囊饭袋,白白糟蹋了一桌好菜!"

的确,那帮人只顾着喝酒,个个都已醉意酣浓。酒喝急了,这才胡乱夹一筷子菜,忙不迭地往嘴里一塞,匆匆一嚼便又囫囵吞下。对他们来说,再美的佳肴也沦为了稀释酒精的填充物。

我又伸手往右前方一指:"那边有对小情侣,只顾埋头吃菜,心无旁骛,他们也不算食客吗?"

王师傅扭头看看,轻叹道:"吃得太急太快,怎能品出菜肴真正的美味?他们也算不上食客,只能叫做饕餮之徒。"

我点头表示认同。佳肴是需要细品的,那对年轻人过于贪恋眼前的美味,筷子不舍得停下,嘴也咀嚼不息,却不知真正美妙的感觉也就因此不愿在他们的唇舌间停留。

老人又道:"有酒要浅酌,佳肴更要小口久尝。刚才我观察了很久,这满厅堂的客人里只有你能达到这样的境界。所以我也只想和你聊上两句。"

前辈如此赞许,我不禁有些飘飘然,便自鸣得意地总结说:"首先心要静,目的要单纯;其次要有自控力,要控制住你面前的美味,而不能让美味控制了你。这样才能成为一个美食家呢。"

王师傅正端起茶杯要喝,听到我最后那句话却停住了,纠正道:"美食家?我可没说你是美食家,我只说你是个食客。"

啊?我蓦然一愣。原来在老人眼中,从酒囊饭袋,饕餮之徒,食客,再到美食家,竟把芸芸众生分成了四个层次。而我也不过是中上之姿。认识到这一点之后,我不免有些沮丧,尴尬问道:"那我还得怎样修炼,才能成为真正的美食家呢?"

老人淡淡一笑,道:"倒是不用再修炼了。只是你还没尝到真正的美味,又怎能称得上是美食家?"

"这……"我指着面前那道秧草烧河豚,茫然问道,"这河豚号称百鱼之王,天下第一鲜,难道还不算真正的美味?"

老人不答反问:"你觉得这道菜滋味如何?"

"好啊,妙不可言!"我接连赞了两句,同时还把餐盘往对方面前推了推,道:"不信你也尝尝!"

"尝尝也好,让我看看这些家伙的手艺长进了没有。"说话间老人已拿过一副碗筷,他探手到餐盘中夹起一块鱼肉,汤水淋漓地送入口中,然后便闭上眼睛开始品味。他先有一个很明显的闭合齿颚的动作,随即便停下,片刻之后又开始咀嚼,这次嚼得很慢很细,足足过了十多秒钟才又停下。然后他便没了任何动作,只闭眼沉思，而他的眉头则在思索的过程一点点地皱成了一团。

我有些按捺不住，主动询问："怎么样？"

老人的喉头咕嘟一响，将那口鱼肉咽进了腹中。然后他慢慢睁开了眼睛，出乎我的意料，他眼中满是一片彷徨之色，同时茫然自语："怎么会这样？不可能……不可能的……"

他的表情有点吓人，像是遭遇了某件既难解且又令人恐惧的谜题。这让一旁的我难免惴惴："王师傅，您……您这是怎么了？"

老人顾不上搭理我，他又抓起筷子，从餐盘中夹出第二块鱼肉送到嘴里。这次他咀嚼的动作快且短暂，仅仅两三下之后就停了下来。随即他眉宇间紧皱的疙瘩消失了，两侧的眉角却在慢慢下垂，像是一对蓦然松散的线团。

我注意到他眼中的彷徨消失了，取而代之的是一种深深的悲凉和无奈。那目光触碰到我，让我也倍感压抑，一时间竟默不能言。

老人的嘴唇微微一动，说了句什么。然后他慢慢起身，也不和我道别，就这样自顾自地黯然离去。我目送着他下楼的背影，他的步履似有些蹒跚，已不像来时那般。

老人临别前的话语此刻才真正在我耳畔响起。那是三个字：

"我老了。"

那天王师傅离去之后，我特意和满江红酒楼的服务生聊了聊，大致了解到一些和老人相关的情况。

老人确实是厨界前辈，尤以料理河豚的手艺立足江湖。以前的野生河豚都是有剧毒的，一般人做出的河豚可没人敢吃，只有成名的河豚大厨才能招揽到胆大的食客。王师傅便曾是这个圈子里屈指可数的高手之一。国家禁食河豚之后，王师傅的手艺一度没了用武之地。不过近几年人工养殖的河豚重新打入市场，满江红酒楼的老板这才又将王师傅请出山，在后厨担当顾问，专门负责指点河豚的料理烹制。

说是顾问，可实际情况却近似闲职。因为现在人工养殖的河豚已基本无毒，料理起来并不复杂，后厨那帮晚辈完全能够应付，便不需要王师傅出手指点。只不过"拼死吃河豚"之语流传太广，客人们多少还会心存顾忌。这时候把王师傅的招牌往外一挂，便有立威震场的效果——这才是酒楼老板聘请王师傅的真正用意。

王师傅自然明白其中的关节，一般也不去后厨添乱。每年河豚上市了，他便到酒店里坐一坐，捧杯绿茶悠然自饮。兴致来了再和客人闲聊几句，讲讲河豚，谈谈往事，以添雅趣。

据说王师傅聊到尽兴处，常常会提及自己的授业恩师。据说那是一个传奇般的人物,曾享有"河豚王"的美誉。但世事无常,这"河豚王"最终却也死也河豚的毒液之下。每每忆及此事,老人都不胜唏嘘。别人要问及其中详情时,他却不愿多言,似乎其中尚藏有不便告人的隐秘。

我对这段掌故极感兴趣,回去之后更在图书馆中找到了相关记述。"河豚王"本姓徐,在世时人称徐老倌,擅烹河豚,行走江湖数十年,声名赫赫。当时市井有言:"贪嘴怕阎王,就找河豚王"。但在上世纪四十年代,徐老倌为本地一大户烹制河豚时却失了手。河豚毒发,不仅在场的食客无一幸免,就连"河豚王"自己也命归黄泉。这起事件喧嚣一时,因此见载于扬州地方志。

我细读这段记载,心中却泛起一丝困惑;进而深思,更有了一个大胆的猜想。我急欲印证这个猜想,此后没事便往满江红酒楼跑,可接连几天都没见到王师傅。向店员打听,才知老人这几天身体不适,一直告假在家中休息。我是个心中留不住事的人,干脆问清楚老人的住址所在,这就登门拜访。

王师傅住在东关街附近,那是户独门独院的宅子,位于小巷尽头,偏僻幽静。我看到院门是虚掩着的,料定家中有人,便抬手在门板上轻叩了几下。等了片刻,不闻院中动静。我加重敲门的力度，同时高喊："王师傅？"这回有人"哎"地应了，听声音正是我寻觅之人。

我又等了片刻，发觉院中人并无开门迎客的意思。礼数已尽，我便反客为主，推开院门自行走了进去。打眼往院子里再看，便蓦然一愣：这满院子都是绿葱葱的，竟种满了各色植物。这些植物花不像花，草不像草，多半都让我叫不出名字，其长势参差不齐，排列也杂乱无章，衬得整个院子都乱糟糟的，不像是个人家，倒像是误入了一片荒野地。

院子正中有一方矮桌，桌面上也乱七八糟堆着些无名植物，看样子是刚刚采摘下来的。老人正坐在桌前，眉关紧锁。他的视线盯着桌上的植物，竟没有注意到有人进来。看来他已全然沉浸在自己的思绪里，之前那"哎"的一声恐怕只是个下意识的回复而已。

"王师傅。"我直凑到面前招呼对方。老人这才醒悟，抬头愣了一下道："是你？"

我反问道："您这儿想什么呢？"

"哦，没什么，研究几副草药。"老人尴尬一笑，透出些自嘲和无奈的感觉。

草药？难道这满院子种的都是药材？难怪我认不出来。看来这王师傅对医药还有些研究啊，不过我还得善意地提醒一下："王师傅，身体不好可得去正规医院看看，自己在家捣鼓怕是不行。"

"去医院？那还不至于。"老人摆着手，又问，"你怎么来了？"

"就是想找您聊聊，没打搅您吧？"

老人展开眉头道："没有。我正烦闷呢，有个人聊天多好。"

我在桌旁坐下，先家长里短地闲扯一阵。原来老人配偶早逝，此后没有再娶，所以多年来便是孑然一人。我唏嘘了几句后，话锋一转问道："听说您的师父当年名气很大，不如给我讲讲他的故事？"

老人眼睛一眯，打量我几下道："你今天就是为这事来的吧？"

对方既看破了，我便坦然点头："我在地方志上看到了有关'河豚王'的记载，不过那件事有些奇怪……所以我想请教请教王师傅，其中是否另有隐情？"

老人沉默了一会，问我："地方志上是怎么说的？"

"记载里说：扬州徐老倌擅烹河豚，数十年从未失手。一九四七年春，扬州大户王从禀在家中宴客，专门请来徐老倌烹制河豚。徐老倌将河豚鱼洗净烧好，并按行规先尝了一大口。半小时过后，王从禀见徐老倌安然无恙，这才招呼宾客们品尝河豚。可是又过了一刻钟之后，情况突变。徐老倌脸色苍白，继而四肢瘫痪，言语不清，而这正是河豚中毒的典型症兆。王从禀等人大惊，连忙服用催吐和下泄的药物。但为时已晚，河豚剧毒很快发作，继徐老倌之后，满桌主宾全都毙命，无一幸免。"

老人看似随意地向我一瞥，问："哪里不对了？"

"有两处疑点。第一：徐老倌成名多年，对河豚的烹制方法早已驾轻就熟，怎么会在这么重要的场合失手呢？第二：河豚烧好后由厨师先尝，半小时之后别人再吃，这个行规已流传千年，其中可是大有道理的。正常来说，烧制好的河豚如果没有清理干净、残留的毒素足够致命的话，那半小时之内在厨师身上就会出现中毒的反应，此时厨师已不能生还，但赴宴的宾客却能得到警报，不会再食用中毒。如果半小时内厨师没有反应，则说明鱼肉无毒或毒性轻微，宾客们可以放心食用，即便此后厨师还是发生了不适症状，但因为毒性不强，后食之人只要尽快催吐催泻，是不会有生命危险的。王师傅，我这番话说得不错吧？"

老人点头道："没错。你在这方面也算是个内行了。"

"那这事就奇怪啦。从那场河豚宴造成的惨烈后果来看，残留在鱼肉内的毒素可是非同小可。然而这么毒的鱼肉,徐老倌却坚持了足足四十五分钟,这才出现毒发的症状——这事不值得深究一番吗?"

老人专注地看着我,不知在想些什么。良久之后,他意味深长地笑了笑,说:"你倒是个挺能琢磨的人。"

我也笑了。对方既然说这话,说明我的分析不太离谱。

老人又道:"那你一定是深究过了?有什么见解?"

我也没兴趣兜圈子,直言道:"我觉得这次中毒并不是意外,而是徐老倌有意设计的!"

老人目光遽然一跳,压低声音道:"这话可不能乱说!"

"当然不是乱说,我有根据的——既然当年那盘河豚鱼毒性如此强烈,那在食用后半小时内必定会有毒发的症状,可徐老倌毒发时距离他食用鱼肉已过了四十五分钟。我想他一定是有意隐藏了早期的症状,最后实在支撑不住了,这才暴露。他就是要让王从禀等人放心吃鱼,从而达到将众人毒杀的目的!"

"你的意思是:他明明中毒了却不说,只为和王从禀等人同归于尽。"

"不错。"

老人顿了顿，继续问道："那他为什么要这么做？"

"四个字：舍生取义。王从禀曾是扬州城内臭名昭著的大汉奸，那天来赴宴的客人也没一个好东西。徐老倌舍了自己的一条命，就是要让这帮汉奸走狗得到应有的惩罚！"我说到兴奋处，语调也变得慷慨高昂。但一旁的老人却只是冷眼相对，不置可否。我把身体向着前方倾过去，期待地问道："王师傅，我的猜测到底对不对？"他可是徐老倌的徒弟，对当年的事情真相一定了如指掌。

老人"嘿"地一笑，终于正面回应道："既可以说对，也可以说不对。"

这模棱两可的回答无法让我满意，我立刻追问："那哪些对，哪些不对？"

"你说的最正确的一点，就是关于我师父的手艺。以他的能耐，怎么可能失手呢？所以这件事的背后必然有故事。"

老人浅谈则止。而我则眼巴巴地看着对方，恨不能把下文一股脑从他肚子全掏出来。对方自然也了解我的心思，他忽又问了句："这故事你真的想听？"

我毫不犹豫地点头。

老人眯起眼睛，思绪悠悠飘转，片刻后他开始讲述那个远在数十年之前的故事。

"那是一九四七年的事了。那会我还是个十来岁的孩子，和另一个师兄一块，跟在师父后面学徒。我师父号称'河豚王'，料理河豚的手艺当世无人可比。所以王从禀在家中宴客时，特意把我师父请过去，为客人们烹制河豚鱼。

"这王从禀的来历你也知道了。小鬼子占领扬州的时候，他可是卖国求荣，坏事做了一堆。抗战胜利后本该秋后算账吧？可这家伙是个人精，他抢着向国民政府献媚投降，又拿出金条来上下打点，摇身一变，竟成了曲线救国的功臣。看着大汉奸春风得意，扬州城的老百姓哪个不恨得牙痒痒？但人家权大势大，又有什么办法？

"我师父接到王从禀的邀请后，本想推脱——谁愿意给大汉奸做菜去？可传话人软硬兼施，那意思你去也得去，不去也得去，否则就别想在扬州城立足。我师父只好答应下来。随后他便把自己关在厨房里，一个人待了整整一宿。第二天早上，他把我和师兄叫到屋里，说有重要的事情要吩咐。

"我当时年纪还小，但也看出来这趟活不太好做。果然，师父对我们说：这次去王府做河豚鱼，我恐怕会发挥不好，万一出了什么差错,师父这条命可就交在你们两个手上了。

"我们明白:所谓'差错'就是河豚里的毒素没有去尽,而师父是必须吃第一口的,到时候肯定也是第一个中毒。我师兄当时便积极表态,他说师父您放心,我们俩一定把解毒水备好,万一出了意外,立刻就给您灌下去!

"师父听了这话却连连苦笑,他说:河豚之毒根本无药可解。所谓解毒水只是催吐催泻的药物。如果我已经毒发,喝这些水还有什么用?那水是给客人们准备的,他们比我晚吃半小时,毒性尚未入体,大吐大泻一番后,或许还能拣回条小命。

"我和师兄可有些傻了,既然这样,那我们该怎么做呢?好在师父还有下文,他又说:万一我真的中毒了,只有一个秘方可以起死回生。这个秘方我从来没跟任何人说过,今天传给你们,你们一定要守口如瓶,决不能泄露出去!"

说到这里,老人停了下来,似乎要歇一口气。而我的好奇心已被严重勾起,急切问道:"什么?这世界上还有能解河豚毒素的秘方?"

老人冲我淡淡一笑,道:"当年我和师兄就像你现在一样诧异。可师父这么说了,难道还能有假?我们便竖起耳朵,等待师父传授这个秘方。"

我也竖起耳朵。这么重要的秘方,怎敢漏掉半个字!

却听老人说道:"那秘方就是:要火速将中毒者拉到运河与长江的交汇口上,以刚刚入江的河水灌服,如果能灌得这人呛水呕吐,那他就有救了。"

我将信将疑:"这听起来和催吐的方法也差不多啊。而且干嘛这么麻烦,非得跑到运河与长江的交汇口上?"

"我师父说关键就在这个水质上。江河交汇之处,阴阳调和,此水才有解毒的奇效。而且这水一定要新鲜,提前打好带走是没有用的,必须在入江口上现用现取。"

有这么玄乎?我听得有些发晕。我没兴趣更没能力去深究这秘方到底有没有科学道理,我只想知道当年那个故事的最终结局。于是我接连问出两个问题:"徐老倌中毒之后,你们真按这个秘方去做了吗?有效吗?"

老人点头道:"那天师父毒发得特别猛烈,很快就四肢瘫痪,不能说话了。这可是濒死前的症状,按说就是神仙也救不了的。我和师兄都吓哭了,但我们还没忘记师父的吩咐,连忙把师父抬到门外,叫了辆黄包车,火急火燎地就往江边赶去。"略一停顿之后，老人又道："不过跑到半路的时候，我却发现了一件很诡异的事情。"

"什么？"

"我师父当时已经人事不知，瘫在黄包车上像团泥似的。可他的嘴角却往上挑着，好像在微笑一样。"

"在笑？"我难以理解地摇着头，一个中毒濒死的人怎么可能会笑？

老人也摇着头，苦笑道："我跟师兄说了，师兄立马就甩了我一个耳光，呵斥道：师父都快不行了，你还胡说八道！我再细看时，师父脸上的笑容又不见了。于是我不敢再多说什么，只跟着黄包车一路狂奔，也不知跑了多久，最后终于来到了运河的入江口。我和师兄把师父抬下黄包车，然后便取了河水往师父肚子里灌。没灌几下，我看到师父又笑了起来。这次我没有贸然说话，只转头看看师兄。师兄正诧然盯着师父的脸庞，很显然，这次他也看到了师父的笑容。

"难道师父真的有救？我们俩又惊又喜，更加卖力地往师父嘴里灌河水。这次可能直接灌进了师父的气管，师父剧烈地咳了几声，然后他便'腾'地一下，直挺挺坐了起来。我和师兄被吓了一跳，随即又听师父开口骂道：别灌了！再灌我就被你们灌死了！

"我们俩这才缓过神，大喜道：师父，您醒了！谁知师父却道：'醒个屁，我根本就没中毒'。"

没中毒？故事说到这里真是峰回路转。我先是一愣，转念又问："难道他是装的？"

老人点点头说："就是装的，那河豚肉里根本就没有毒。"

既然河豚无毒，另一个问题便接踵而至："那王从禀是怎么死的？"

老人提示般反问："你想想啊，有什么东西王从禀他们吃了，而我师父却没有碰过？"

"这个……"我略加思忖，忽然间豁然开朗，"是那解毒水！"

老人赞道："你脑子转得还真快！不错，正是那解毒水里被下了河豚毒素。我师父佯装中毒后，王从禀等人个个惊慌失措。他们争先恐后地喝光了我师父事先配好的解毒水，所以才会中毒身亡。"

"我明白了！这一切都是徐老倌的安排。他毒死了一帮汉奸走狗，同时自己还能全身而退，毫发无损。"

"正是。"

"那所谓的河水解毒秘方……"

"当然是假的，目的是为了骗住我们师兄弟两个。"老人笑了笑，又详细解释说，"因为我们俩年纪还小，容易露馅穿帮，师父就没有把真实计划事先透露给我们。当他假装中毒之后，我们俩真情流露，又悲又急，直掉眼泪，令王从禀等人丝毫不起疑心。于是大家都抢着去喝解毒水，我们则按照师父的吩咐，一刻不停赶到了运河的入江口。师父早已在那里安排好一艘乌篷船，我们三人上了船，一路沿江而下，在最短的时间内逃之夭夭了。"

"原来如此！"我忍不住击节鼓掌，"真是妙计。精彩，太精彩了！"

老人笑而不语，思绪沉浸于六十年前的峥嵘往事。

我又不甘地问道："这么精彩的故事，为什么不讲给世人听呢？"

"怕遭到报复。"老人回忆着说道，"那天我们逃离扬州之后，一直便在南京、上海一带讨生活。以后再要做河豚，都是我和师兄出手，师父则退居幕后。同时我们还放出风声，说'河豚王'在扬州失了手，已经中毒毙命。这个风声渐渐传开，最终就成了地方志里的记载。"

嗯。王从禀虽然死了，但他的势力尚存。如此隐姓埋名确实是最安全的做法。不过我还是有一点不理解："解放后呢？那时地方上的恶势力都被清扫殆尽，你师父还不敢出头露面吗？"

这个问题似乎戳中了老人心底的某个隐秘，他沉默良久之后，这才嘶哑着声音说道："不是不敢露面，而是那时我师父，他……他已经真的中毒毙命了。"

"啊？"这又是一个令人意料不到的变故，我讶然张大了嘴，"是因为河豚鱼吗？"

老人苦笑道："不是河豚鱼，还能是什么？"

"可您刚刚还说过，徐老倌技艺精绝，根本不可能失手的啊！"

老人抬头对着天空一声轻叹，道："那不算是失手，那是……天意。"

"天意？"我愈发糊涂，"到底是怎么回事呢？"

老人没有回答，他只是长时间地看着我。他的神色凝重，似乎在斟酌着某件极为重要的事情。末了，他像是做出了决定，突然冲我点了一下头。

我以为老人要说些什么了，没想到他说的却是："等你下次来的时候再细聊吧。"

对方俨然已下了逐客令。可现在天色还早啊，我又刚刚聊到了兴头上，真是不忍离去。我很想直白问一声：为什么要下次呢？可这话未免不太礼貌，我还是忍住了。

老人看出了我的不爽，他微微一笑，转了个话题问我："你不是想成为一个美食家吗？"

"是啊。"可我不明白这事和今天的话题有什么关系。

"三天之后你再来吧。"老人认真地说道，"我让你见识一下真正的美食。"

一听到"美食"二字，我的情绪立刻兴奋起来。我猜测道："是河豚吗？"

"当然是河豚。"老人幽幽说道。片刻后，他的嘴角忽然泛起一丝奇怪的笑容，然后他又说了句我当时无法理解的话语。

他说："到那时候，你再想后悔可就来不及了。"

天下第一美味，又是出自传奇高手的料理，这等口福有几人能够享受？三天之后，我一早便来到了小巷深处，赴王师傅河豚之约。

院门依旧虚掩，一股独特的幽香正从门缝中飘散而出。我抬手在门板上轻敲了两下，院内立刻有人回应："进来吧。"看来主人早就在等着我了。

我推门入院，只见王师傅负手站在院中。在他身后矗立着两间旧屋，左首边则配着一间小小的灶房，那香味正是从灶房里散发出来的。

我蹙起鼻子深吸了两下，心痒痒地问道："王师傅，这河豚快出锅了吧？"

老人瞪了我一眼，显然是责怪我太过性急。他说："鱼还没影子呢，出什么锅？"

"啊？"我愣住了，"没有鱼？"

"河豚鱼得从江河中现捞现做，这才能保证最鲜美的口味。难道要我在家里备着条半死不活的臭鱼吗？"

我理解了老人的意思，暗自咂舌。寻常人做鱼，只要鱼儿是活的，便可算新鲜之材。而王师傅的眼界又高得多：那鱼必须是从江河中现捕的才行！这样的要求看起来有些挑剔，但正反映出老人在烹饪技艺上的精益求精。

只是这仓促之间，该到哪里去找刚刚出水的河豚鱼呢？

老人看出我心中的困惑，一摆手道："走吧，我带你去个好地方。"一边说一边当先向院外走去。我连忙跟上,在迈出院门的时候我忍不住提醒对方:"王师傅,那炉子上炖的什么?不碍事吧?"

"炖着吧,还得两个小时才能真正出味呢。"王师傅脚步不停,一副胸有成竹的气势。我难免又是一阵感慨:还没出味已是异香扑鼻,真是到了火候又该如何?虽不知那锅里到底炖着什么,但多半与即将到来的河豚宴有所关联。想到这里,我对此行便又多了三分期待。

出小巷之后,我请王师傅坐上了我的小汽车。在老人的指引下,我一路开车向着城南郊外而去。

大约半个多小时之后,我们来到了瓜洲古镇。古镇位于运河与长江的交汇口上,按王师傅所言,这里就是当年徐老倌金蝉脱壳之地。古镇南头则是著名的瓜洲古渡,这是千余年来人们跨江通行的要道枢纽,无数文人墨客曾在此地留下感怀之作。

瓜洲亦以盛产江鲜而闻名,一度是长江三鲜(河豚、鲥鱼、刀鱼)的主产地之一。近年来由于环境恶化及滥捕滥捞,野生的长江三鲜已极难寻觅。不过古镇上河网密布,有不少人便借地利搞起了鱼塘养殖,现在市面上的长江三鲜多半就是出自于这些鱼塘。

现在正是主打河豚的季节，我看到不少鱼塘都打着硕大的招牌："精选饲料，无毒河豚"。其实河豚鱼自身并不产毒，但它在吞食藻类的时候，会将食物中的生物毒素积累在自己体内。这样随着河豚鱼越长越大，它体内的毒素也越积越多，最终达到令人闻之色变的程度。如果在人工饲养的过程中严格控制河豚的饲料，让它无法接触到天然藻类，那培育出来的河豚自然就是无毒的。这也正是河豚鱼能够重返大众餐桌的关键所在。

我估计王师傅一定在镇上有定点的河豚鱼塘。果不出我所料，老人指挥我在一条小河边停了车，然后又步行往河道深处走去。拐过一个弯口之后，我们面前出现了一片小小的池塘。塘边坐着一个黑瘦黑瘦的中年汉子，他跷着个二郎腿，右手夹根香烟，一副闲散清净的模样。

老人冲那汉子喊了一声："小五！"他虽然年岁已高，中气却还充足。被唤的汉子转头看清来人，立刻便把手里的香烟往地上一扔，恭恭敬敬地迎上来道："王老爷子，您怎么跑这儿来了？您想吃鱼，打个电话，我直接送过去啊。"

老人道："今天这鱼我得亲自过过眼。"

汉子"哦"了一声，同时冲我上下打量了几眼。他也是个伶俐人，一下子就猜到了王师傅是为我而来。

我客气地笑了笑，问声："你好。"汉子随口应着："你好你好。"然后又招呼说："你们先到棚子里等着，我这就捞鱼去。"

我这才注意到鱼塘的东北角上有个小竹棚，虽然简陋，倒也是个遮阳避风的去处。我和王师傅便去那棚子里坐了，汉子则跨上棚边的一艘小船，独自往鱼塘中心划去。二十分钟之后，小船重归棚边。汉子从船舱中端上一只大木盆，唤道："老爷子，您看看有合适的没？"

王师傅走出竹棚，往那木盆内一打眼，便赞了句："不错。"随后他又蹲下身来细看。我也凑上前看个热闹。只见木盆内盛满了河水，十来条鱼儿正在其间游得生龙活虎。这些鱼头大尾巴小，身体憨圆憨圆的，正是令人垂涎的河豚。

片刻后，老人伸手指了两下，说："就要这一对。"

"您真是好眼力。"汉子讨好道，"这两条至少都是二十斑往上了。"

我只知道吃鱼，对挑鱼可就不通了。汉子既说了什么"二十斑"，我也注意到所有河豚鱼的背上都有一条条黑色的斑纹，而老人点的恰是斑纹数目最多的那两条。

我虚心请教:"这些斑纹有什么讲究吗?"

"这你都不懂?"汉子斜斜地瞥了我一眼,觉得有些奇怪,不过他还是向我解释了,"斑纹越多,颜色越黑,这鱼的毒性就越大。"

"这鱼有毒?"这次轮到我诧异了,"你们不都是人工饲料,无毒喂养吗?"

"没毒的只能骗骗那些不懂河豚的人,我这里怎么会有那样的鱼呢?"汉子瞪视着我,气恼我侮辱了他的职业道德,"我这塘子里流进流出的都是天然的江水河水,从来不会添加任何人工饲料。这些鱼虽然长得慢,个头也不算很大,但毒素都是有保证的。这盆里的鱼你随便挑一条拿回家烧去,别说吃肉了,随便喝上口汤,都叫你跑不了这条小命!"

"你别吓唬他,他是吃惯了大饭店的人,都不知道真正的河豚鱼应该是什么味。"王师傅先是对那汉子摆摆手,然后又看着我说道,"不过真正的鸡肉你总吃过的吧?就是以前那种散养的,在地上吃虫子的草鸡。现在市场上大部分都是人工喂养的,长得又快又肥的肉鸡——这两种鸡肉的味道能比吗?"

老人这么一说,我立马就明白了:"原来这河豚鱼也得吃野生的！"

"毒素越多，味道就越好！"老人说完又冷笑一声，"无毒河豚？嘿嘿，天下第一鲜的美味哪是那么容易就享受的！"

老人这话让我顿感惭愧：我在满江红吃秧草炖河豚的时候，自我感觉无比美好，谁知在行家眼中，却根本未窥美食之门径！不过惭愧之余，更多的又是兴奋，就像是青蛙跳出了井口，终于见识到了真正广阔的天地。

言谈之间，汉子已经把王师傅挑中的两条河豚打包装好。鱼儿被分别封在两个满装着河水的塑料袋里，袋内还特意充入了过量的氧气。这样能在三五个小时内最大程度地保持住鱼儿的鲜活度。

我和老人随即告辞离去。开车往回走的时候，我总有种要把油门踩到底的冲动。那传说中的绝顶美味已经彻底勾起了我的馋虫，让我不忍浪费分秒时光。

终于回到了王师傅的住所。老人吩咐我在院子里把桌椅支好，自己则提着两条鱼儿进了灶房。我坐在桌边等了没几分钟，老人便托着两个瓷盘过来了。一个盘子里满满地铺了一层，全都是白亮透明河豚鱼片，另一个盘子里装着鱼皮内脏等杂物，分不同部位排列得整整齐齐，叫人看了一目了然。

我知道这是食用野生河豚的规矩。民间有语"拼死吃河豚不如拼洗吃河豚",说的是要想吃河豚又不中毒,最重要的就是一个"洗"字。因为河豚的鱼肉是无毒的,毒素都集中在血液、内脏、皮肤等等杂碎之处。所以只要把内脏皮肤一一摘除,血液彻底清洗干净,剩下的河豚鱼肉便可安然享用。

洁净无毒的河豚鱼片色泽洁白,呈半透明状,有经验的食客可通过肉眼分辨。同时河豚的料理者还需将摘除的各种杂碎分类摆好,端到客人面前以供查验。其中就算少了一个小小的眼珠,这份河豚也都没人敢吃了。

我往两个盘子略略扫了一眼,笑道:"王师傅,我对您的料理绝对放心。就请您赶紧一展厨艺吧。"

老人却没有答话,返身又往灶房走去。随后他来回数趟,又依次拿出了两个小炭炉,两只小砂锅,最后又双手端出一只大砂锅。那大砂锅歇在桌边地面上,虽然盖着锅盖,却挡不住热气和香味氤氲而出。

这锅里肯定就是烹制河豚的配料了。看对方这架势,难道要当着我的面,就在这院中施展身手?我正在猜测间,却听王师傅说了声:"碗筷还请你去灶房自取。"

老人手里端着副碗筷，却没有我的份。我点头表示理解，这也是民间食用河豚的土规矩：客人自取碗筷，即表示明知河豚的剧毒，但仍要自愿食用，若出了意外也和主人家无关。

我去灶房取了碗筷出来。眼见一切就绪，老人便举筷夹起一片鱼肉，说道："按照行规，厨师先尝。"

我眼看着老人将鱼肉送入口中，不禁愣了，道："啊？就这么生吃吗？"

老人闭上眼睛嚼了片刻，脸上现出无比享受的神情，等这一口鱼肉吞入肚中，他才又开口说道："新鲜的河豚鱼片，就要这样生吃才最美妙！"

生吃河豚鱼片？我平生还从未尝试过。看着老人那副沉醉的样子，我早已按捺不住，举起筷子也想一快朵颐。然而老人却忽地将我拦住，说："不行，你得等半小时之后才能品尝。"

这是人人皆知的行规。可此时的境况叫我如何等待，我抗议道："半小时之后河豚肉已不新鲜，我尝到的美味不得大打折扣吗？"

老人目光一凛，正色问道："时间不到，你就不怕中毒？"

我想也不想便道："为了美味，顾不了那么多了！"

我这话一出，老人便大笑起来："好，好！真有'拼死吃河豚'

的气势，我果然没选错人。"言罢他把身体往后一撤，摆出了"请便"的架势。

我还等什么呢？立刻夹起一片洁白晶莹的鱼肉送入口中。牙齿轻轻一咬，鱼肉中的汁液便在口腔中弥散开来，如春雨般滋润着我干渴的唇喉。那是一种前所未有的鲜甜滋味，我觉得自己的咀嚼肌已不受控制，它们被一种无法抗拒的魔力牵引着，不停地运动，直要将口中的那片鱼肉彻底碾碎，奉献给每一个狂欢的味蕾。

老人在一旁笑眯眯地问我："怎么样啊？"

我沉默着，心中有种说不出的情绪，既快乐又惆怅。良久之后，我才轻叹一声道："唉，这才是人间真味啊，我这前半辈子算是白活了！"

老人"嘿"地一笑，慢条斯理地应了句："现在醒悟还不算晚……"他说话时语调悠转，似乎藏着深意。但我的注意力已全然被那盘美味吸引住了，根本无暇去品味对方的话语。我急切地夹起第二片鱼肉，又美美地享受了一番。

如此反复，大约有六七片鱼肉下肚了，我这才觉得腹中的馋虫略有退却。而老人自吃了最初的那片鱼肉之后，一直便没动筷子。我略带自责地提醒对方："王师傅，您也多吃点啊。这么难得的东西，可别让我一个人糟蹋了。"

谁知老人竟是淡淡地一撇嘴,道:"不就是些河豚鱼片吗?有什么难得的,就算是扔掉也不可惜。"

"什么?"我觉得对方的话简直无法理喻,"这样的美味怎么能扔掉?"

"美味?"老人摇着头,"你以为这些就是真正的美味了?"

看着老人漠然的表情,我彻底地糊涂了:这不就是他自己亲自挑选出来的剧毒河豚吗?如果这都不算真正的美味,那还能有什么更胜一筹?

我还在思忖间,老人忽然抓起盛鱼片的那个瓷盘,随手便往地上一摔。我一声惊呼,想要阻止已来不及。盘子碎了,大半盘鱼片也随之滚落尘土。

"这……"我愕然瞪大了眼睛。还没来得及转过神来,老人又把另一个瓷盘端到了我的面前。

"看看吧——"他用一种低沉的嗓音说道,"这一盘才是天下至鲜,真正绝顶的美味!"

我惊诧无语!那一盘是什么?正是从河豚鱼身上清理下来的各种有毒的部位!就算是最有经验的大厨也会避之唯恐不及,此刻怎却成了王师傅所言的绝顶美味?

"你还不明白吗?河豚越毒,滋味就越美。同理推之,在一条河豚身上,毒性最大的部位也就是最美味的部位。这鱼肉无毒,吃起来也就最无味。现在这盘子里的每一样东西,滋味都在先前那盘鱼肉之上!"老人越说越兴奋,声音甚至略微有些颤抖,而他看我的眼神开始闪动着异样的光芒,细细分辨,竟满是诱惑之意。

我能够理解对方的理论,但我实在不敢接受他的诱惑。

"这些东西再美味又能如何?它们都是有毒的,吃了会死人的!"

老人意味深长地一笑,道:"确实有毒,但未必吃了就要死人。"

我忽然间意识到什么,惊喜道:"难道您有独门秘法,可以破解这里面的毒素?"

老人没有直接回答,他把两只小小的炭炉取过来,一人一只放在面前,然后又把两只小砂锅分别搁在炭炉上。炭炉里早备好了炽热的木炭,老人将炉门稍稍拨开,那木炭受了氧气,立刻红彤彤地烧起来。

这一番准备妥当之后,老人打开了地上那只大砂锅的锅盖。

一团热气裹挟着香味喷腾而出，热气略散之后，却见砂锅内盛着满满一锅浓汤。那汤汁呈乳白色，虽浓却纯净，绝无半分杂质。

老人用汤勺将大砂锅里的汤汁舀出，分装在两个小砂锅内。那小砂锅已被木炭烘得透热，汤汁下进去没一会而便开始汩汩沸腾。

老人露出大功告成般的表情，他把手一拍道："怎么样，敢不敢和我一块品尝这盘真正的美味？"

我心底早已奇痒难搔，但恐怖的河豚毒素却又令人畏惧。所以我一边咽着口水，一边小心翼翼地问道："王师傅，您这汤里是不是得有点说法？"

"当然有说法，这是我钻研了大半辈子，以三十七种草药和香料混合煨制得到的汤汁。用这锅汤涮食河豚，不仅能将河豚的美味渲染到极致，更能缓解河豚毒素，保证食用者的安全。"

原来如此！我这才安下心来，用力一拍桌面说："那就妥了，这盘美味我一定得尝尝。"说话间便将筷子往盘中一块淡黄色的河豚组织探去。老人连忙用手中的筷子一隔，笑着说："你还真是性急——可不是这么个吃法，得按顺序来。"

"哦？"我收回筷子问道，"按什么顺序？"

"从毒性最小的开始来，慢慢深入。既是保证安全，更是为了让美味层层叠进，享受到最大的口腹之趣。"

我点头附和："有道理。"随即又彷徨不知该如何下箸。我只知道盘子里这些东西都有毒，但彼此间毒性的大小还真没研究过。

老人看出我的窘迫，指点说："先吃鱼皮，这是毒性最弱的部位。"

我依言夹起一块鱼皮投入汤锅内，老人又提醒说："河豚鱼皮厚实坚韧，得多煮一会。"我便放下筷子耐心等待。那锅沸了三四分钟之后，老人道："这会差不多了。"

我将那鱼皮从锅中夹出。河豚鱼皮的外表面上长满了小刺，所以食用时需要用内层厚实的肉皮将小刺包裹起来，这样才不会扎嘴。我以前常去饭店吃无毒的河豚，对这个诀窍早就透熟，只用筷子在餐碟中稍许拨弄了几下，包裹的工作便已完成。然后我就把这团鱼皮送进口中，细细品尝。

与细嫩的鱼肉不同，鱼皮主要是由胶质成分构成。经过沸水的烫煮，这些胶质已经透烂，只轻轻一咬便在口腔中彻底化开。而一股浓浓的鲜香就此粘在了舌尖上，久久不散。

基于柔腻的口感和胶原蛋白特有的浓郁鲜香，这鱼皮的美味确实比鱼肉又更胜一筹。就在我全意享受之时，又听老人说道："这鱼皮吃上两口就行了。接下来的好东西好多着呢。"

我恋恋不舍地将鱼皮咽进肚子里，然后目不转睛地盯着那瓷盘，问道："接下来该吃哪个？"

"河豚号称鱼中西施，接下来要吃的就是这道西施乳！"老人一边说，一边将一团乳白色的物件送入我面前的餐碟。我认得这东西是河豚的鱼肾，也就是雄性河豚的精巢。据说其味鲜美异常，因此被春秋战国时期的吴王赐美名："西施乳"。现在老人既将美味送入我的碟中，我又何须客气？于是我便将这块西施乳下入砂锅。片刻后，鱼肾从沸汤中浮起，表面光滑膨胀，当是已熟透了。

我用筷子夹住西施乳，先在唇边轻吹两下，随即送入口中。那鱼肾柔滑之极，就像是唇舌间含住的一团丝绸。我更无需用牙去咬，只上下颚微微一合，丝绸便在口中裂开，浓郁的鲜香瞬间炸得满嘴都是。那滑腻鲜美的滋味刺激着我的味蕾，让我的唇舌禁不住要舞蹈起来。

直到这番美妙散尽之后，我才腾出嘴来由衷赞叹："西施乳，名不虚传！古人竟能想出如此风流的名字，嘿嘿，此物洁白如玉、丰腴鲜美，这个名字起得可真是惟妙惟肖！"

老人也道："这西施乳算是河豚体内真正美味的部位之一。

而且它的妙处是毒性不大，只要煮熟煮透，寻常人亦可一饱口福——对大部分人来说，这几乎就是登峰造极的美食体验了。"说到这里，他突然停了下来，似乎想到了别的什么，而他的神色则渐渐暗淡阴沉。我注意到他异常的情绪，正想询问时，他已主动打开了话题："世事难料啊，谁能想到呢？我的恩师竟是因这西施乳而死。"

我忆起三天前未尽的话题。我们原本就约好今天要揭开徐老倌死亡的真相，只是我一度贪恋口腹之欲，竟把这茬事忘了个干干净净。现在老人既然提起，我便顺势追问："王师傅，尊师的离去到底是个什么情况啊？"

老人幽幽道："你也吃了这么多东西了，正好歇一歇，先听我再讲一段故事。"

我放下筷子，摆出了洗耳恭听的姿势。老人则思绪回转，用低沉的声音把我又带到了六十年前。

"前几天跟你讲过，我师父通过装死的手法，设计毒杀了扬州城的大汉奸王从禀。此后我们师徒三人便在南京、上海一带流浪，不敢回扬州露面。到了四九年的时候，解放军打到了长江北岸，一举攻克了扬州城。我们当时还在南京,但听说王从禀的残余势力已在共产党的镇压下土崩瓦解。而且共产党已在筹备渡江战役,全国解放指日可待。

"这下我们可高兴坏了。为了庆祝这桩大喜事,我师父特意弄来了一条大河豚,师徒三人准备好好地美食一顿。

"这条河豚由我师父亲自打理,他在剖杀河豚的时候有了意外的惊喜,当时他情不自禁地大叫出声:'看,好大的一块西施乳!'

"我和师兄闻声上前,果然看到了一块硕大的西施乳。那块西施乳表面洁白无瑕,个头比我以往见过的足足大了一半。当时我们都觉得稀奇,暗想:难道老天爷真的要眷顾我们了,竟赏赐了这么大一块西施乳给我们享用!

"师父高兴得很,打理起河豚鱼也格外用心。因为这块西施乳个头太大,他特意延长了烧制的时间,这样便保证整块西施乳都被煮透,不致吃出什么问题来。

"河豚鱼烧好之后,师父自然是要先吃的。而他当时尝的正是那块西施乳。一般的西施乳一口就能吞下了,但那块西施乳实在太大,师父只能咬去一半,在口中慢慢地咀嚼品尝。"

老人说到此处突然沉默起来,他的呼吸有些急促,眼角也不受控制地抽动着。片刻后他才控制住自己的情绪,用嘶哑的嗓音继续说道:"随即……随即情况便发生了……那幅场景至今仍在我的眼前,清晰无比,简直就像是昨天一样。我记得师父的每一个动作、每一个表情,以及他说过的每一个字。"

我深深地感受到:在对方的回忆中潜伏着某种既神秘又可怕的力量!这力量压迫着我,让我不敢多言。我只有静静聆听等待。

老人深吸了一口气,开始详细描述:"当我师父第一口嚼下去的时候,他的眼睛立刻就瞪得溜圆,身体则突然往椅背上一靠,僵直僵直的,好像过电了一样。然后有三四秒钟的时间,他就这样一动不动的,眼睛也不眨,连呼吸恐怕都停止了。我和师兄被吓到了,还以为师父突发什么怪病,连忙上前呼唤。师父这才回过神来,他的嘴里含着那半块西施乳,含糊不清地说了两个字:'这……这!'"

我咧了咧嘴,插话道:"这只能算是一个字吧?"

老人瞪了我一眼,坚定地强调说:"是两个字。他当时说了两遍,但绝不是简单的重复,因为这两个字里包含着两种截然不同的情绪。说第一个字的时候,他的声音高亢,像是充满了惊喜;到了第二字的时候,他的声音却又低沉颤抖,显出无比的恐惧。"

"怎么会有这么大的情绪变化？"

老人没有回答，只管继续往下讲述："他说完这两个字之后，又开始咀嚼。他每一下都嚼得很慢，动作艰难而又沉重。他的眼睛仍然瞪得大大的，眼神中则透出既迷恋又绝望的光彩，就像，就像……"老人皱眉斟酌了一会，终于找到了合适的比喻，"就像是童男子第一次看到了全身赤裸的美女，可这个美女手中却握着锋利的尖刀，那尖刃已经抵上了你的咽喉，随时便能送了你的性命！"

我忽然间意识到了什么，猜测道："难道那块西施乳里有毒？而且你师父已经知道其中有毒，却还在继续咀嚼品尝？"

老人目光一闪，答道："不错！"

"这是为什么啊？知道有毒，那赶紧吐出来呀！"

老人苦笑道："因为那女子实在太美太美，即便知道她会杀了你，你还是不舍得离开！"

"您的意思是，那块西施乳实在太美味了，所以你师父明知道有毒，却还是忍不住要吃？"

老人点点头，随即又反问："现在你明白他为什么会有那么大的情绪变化了？"

我略一思忖，心中明了："说第一个'这'是因为他品尝到了绝顶的美味，而说第二个'这'的时候他已经意识到中了剧毒？"说到这里，我忍不住打了个激灵："这毒来得也太快了吧？只嚼了一口就能有所察觉？"

老人道："就是这么快——那是我见过的最最可怕的毒素。"

"那……后来呢？"

老人再次陷入回忆："我师父就这样一直嚼一直嚼，足足嚼了好几分钟。其间我和师兄发觉不太对劲，好几次在旁边呼唤，可师父却充耳不闻。直到最后他把那块西施乳咽进肚子里了，他这才抬头想找我们两个。但他的目光直溜溜的，竟好像看不到我们。我们又在呼喊，他也仍然听不见。这时我们才意识到：原来师父已经聋了、瞎了！"

我倒抽了一口冷气。河豚鱼是一种生物麻痹毒素，毒到深处时便会感官消失，四肢瘫痪。徐老倌这副样子，赫然已是临死前的征兆！

老人继续讲述："我和师兄知道师父中毒，难免惊慌失措。师兄急匆匆地要去找解毒水，而我却突然有了新的发现，忙把师兄叫住说：'等等，你看看师父，他是不是又在骗我们呢？'"

"骗你们？"我摇摇头，表示这说法实在荒谬。

老人解释道："我也不是胡乱猜测的。当时我看到师父脸上浮现出一丝笑容，那笑容如此的安详和满足，完全不像是中毒濒死前的表现。想到师父两年前那次诈死的经历，叫我怎能不怀疑呢？我师兄也觉得有些奇怪，他干脆走上前，伸出手指探了探师父的鼻息。这一探，师兄"扑通"就跪下了，嚎啕大哭道：'师父死了！'我大惊失色，壮起胆子推了师父一把，师父从椅子上倒下来，身子僵直僵直的，果然已经死透了。"

"就这么死了？"虽然早已知道了结局，但真正听来时还是觉得突然。更没想到这徐老倌临死前连一句遗言也没有，却留下一个令人费解的笑容。这笑容又代表着什么呢？

老人看破了我的心思，问道："你是不是在想，我师父为什么会笑着死去呢？"

我坦承追问："是啊，为什么？"

老人没有直接回答，却反问我："你知不知道河豚身上最毒的是什么部位？"

"应该是雌豚的卵巢吧？"

老人点头道："雌豚的卵巢，也就是通常所说的鱼籽——这是河豚身上最最剧毒的部位。除了卵巢之外，野生河豚的其他部位都有人品尝过并留下相关记述。唯独对于卵巢，却从未有人描述过它的滋味，你可知道为什么？"

我很容易便想到了——那是一个令人不寒而栗的答案。

"因为吃过的人全都死了。"

"是的，从来没有人能活着描述河豚卵巢的美味。然而河豚卵巢却仍然有一个非常美丽的名字。这个名字只在圈内流传，外人很少听说。你不妨猜一猜，叫做什么？"

我思考了一会，摊摊手表示无能为力。老人也不勉强我，他缓缓地将那三个字的答案吐了出来。

"西施笑。"

"西施笑？"我喃喃念叨着，暗自咀嚼回味。这的确是个美丽的，充满了优雅意境的名字，可这个名字为何会与那致命的毒物联系在一起？

老人给出了回答："因为凡是误食河豚卵巢的人，在死前都会露出最美丽的笑容。那笑容传达出一种极为愉快的情绪。嘿嘿，没有亲眼见过的人，是永远也不会懂的。"

听老人说到这里，我心中蓦然一动，忙问："难道徐老倌就是死于河豚卵巢之毒？"

老人点头默认。我却觉得满头雾水："可这事不对啊，他吃的明明是西施乳，是雄豚的精巢，怎么会中了雌豚卵巢的剧毒呢？"

老人仰天长叹一声："这就是造化弄人啊！后来我和师兄查看了剩下的那半块西施乳，这才发现在乳白色精巢的内部，居然还嵌套着一块河豚鱼籽！原来这条河豚竟是天生的生殖畸形，是一条雌雄同体鱼。"

"精巢里面还套着卵巢？"我恍然大悟，"难怪那精巢会比一般的鱼儿要大！"

"这种怪鱼出现的几率小之又小，没想到就被我的师父撞上了。你说这是不是天意？他杀了一辈子河豚，注定要死于河豚之毒；他吃了一辈子河豚，最终也一定要尝一尝这人世间的绝顶美味——西施笑！"

老人将这番往事说完，小院内出现了短暂的沉寂。我们都默不作声，双双陷于感怀和追忆之思。只有那两只小小的砂锅不断发出汩汩的沸腾声响，似乎在不耐烦地催促着什么。

最终是老人打破了静默："好啦。不说这些陈年往事了，继续享用美食吧！"他一边说一边夹起盘中一块灰褐色的河豚组织，问道:"这个东西你该认识吧?"

我点头道:"这是河豚的肝脏,也是剧毒之物,吴王赐名西施肝。要想食用西施肝,必须以极高温的油反复煎炸,方可去除毒素,保证食客的安全。"

老人不屑地一撇嘴说:"反复煎炸?毒素是除了,西施肝的鲜嫩滋味却消失得干干净净!在我这里可绝对不能是这个吃法。"

"那该怎么吃?请王师傅指点。"

"还是用这锅汤来涮,而且涮的时候讲究四个字:七上八下!"

"七上八下?"

"对,下锅涮煮之后,第七秒就要夹上来,第八秒就要下入你的腹中。这就叫七上八下——"老人看着我一笑,"嘿嘿,正和你品尝时忐忑不安的心情一样!"

七秒钟出锅?这确实有点太快了吧?这锅里的草药再好,这么短的时间里能不能发挥效用啊?当我想到这些问题的时候,心里果然七上八下地打起鼓来。

"怎么样?还敢不敢吃?"老人把西施肝悬在我的砂锅上方,似笑非笑地看着我。

美食当前,我怎能做懦弱逃兵?我抓起面前的筷子,大声喊了句:"敢!"

老人手指一拨,将那块西施肝扔进了沸腾的汤锅中。我则在心中暗暗数到七秒,立刻便将西施肝从汤中捞起,第一时间送入了口中。

一种至鲜、至嫩、至柔、至美的滋味在我的唇舌间炸开,仿佛是含住了爱人最娇嫩的肌肤。我已无法用语言来形容我的确切感受,我只能说我全身的毛孔都长出了味蕾,所有的感官都已沉浸在了最精彩的美食体验中。

这一口西施肝下肚,我半晌都没回过魂来。最后还是老人的声音把我拉回到现实世界。

"好啦。这一块西施肝已是人间难得的美味。你能有此口福,也算是不虚此行了。"

我忽然想起老人自最初吃了一片河豚鱼肉之后,便再没吃过别的东西。我有些不好意思了,惭愧地说道:"王师傅,您把这些美味都让给了我,自己怎么不吃呢。"

"我吃啊,而且我把最好的留给了自己。"老人看着我,嘴角一丝浅笑,若有若无。然后他伸筷子在自己面前的砂锅里一捞,从沸腾的汤汁中夹出了一块东西。那东西大约一指长,七分宽,外表裹着一层淡黄色的囊衣，看起来既光滑又柔软，不用尝也知道定然口感一流！

那正是我一开始最先想要夹取的河豚组织，当时被老人用筷子隔住了。刚才我只顾沉浸在西施肝的美妙享受中，没注意老人已将这块东西放入了他自己的砂锅。这东西我以前从未见过，但既然老人说了这是"最好的"，我心中自有了三分眉目。

"难道这个就是……"

"没错，这就是雌豚的卵巢，传说中的西施笑！"老人说罢便将那卵巢送到嘴边，一口咬去了一半。然后他开始慢慢地咀嚼，神色专注之极。

我无法想象老人到底感受到了怎样的美味，我只看到他脸上的皱纹正一点一点地化开，他的眼神变得明亮起来，精神也越来越旺盛。在短短的一瞬间，他整个人都变得光彩夺目，仿佛年轻了二十岁一般。

我相信：如果天堂真的存在的话，那老人此刻便在享受着沉浸于天堂的美妙感觉。

这感觉直到老人将口中的半块西施笑咽入腹中之后才慢慢消散。然后他看了看筷子上剩下的半块卵巢，又抬头看了看我。

我的目光也盯在那半块卵巢上。卵巢外面的囊衣已被咬破，露出里面一粒粒金灿灿的鱼籽，我的眼睛越睁越大，最后居然很没出息地干吞下一大口唾沫。

"我知道你非常想吃这半块西施笑，这很好。"老人意味深长地笑着，他把那半块卵巢暂时放在餐碟上，随即又话锋一转，说道，"但你现在还不能吃，因为它不是属于人间的美味。"

"我知道，那是天堂里的美味，人间绝难寻觅！"我亢奋地嘟囔着，话语中充满了妒意。

"天堂？"老人却连连摇头，"不，你理解错了。"

我"嗯？"了一声，不明所以。

"这绝顶的美味不属于人间，也不属于天堂，它属于地狱。"老人直视着我的眼睛，话语中忽然透出阴森森的意味来。

"地狱？"我无法理解，"为什么？"

老人深深地叹息一声，明言道："因为我配置的草药汤尚不能解西施笑之毒，所以这块美味的卵巢仍然是致命的毒物！"

这句话如霹雳般轰在我的头顶，让我目瞪口呆。我足足愣了有半分钟，这才恍惚问道："既然致命，你……你怎么……"

"因为我已经等不了了。六十年前，我亲眼看到师父死于西施笑之毒，师父临死前的笑容成了我一生的梦魇。我无法摆脱那种美味的诱惑，食不甘味，夜不能寐，必须要亲口尝到西施笑的滋味才能解脱。从此我就投入全部的精力去追求这个梦想。我尝遍百草，配尽千方，誓要破解河豚之毒。我的毕生所得就在面前的这两只砂锅里。可惜啊！这锅汤已经能解西施肝，却还是解不了西施笑！我已经无计可施，为了完成夙愿，只有舍命一搏了。"老人这番话似乎早就压抑在心中，此刻就像竹筒倒豆子似的，一股脑全都说了出来。

原来是这样的情怀！但我仍然难以理解："您……您为什么不再继续尝试？我相信终有一天这西施笑之毒也能被您破解！"

"来不及了。"老人摇头一叹，随后又问我，"那天我们在满江红相会，我尝了你吃的秧草炖河豚，你还记得吧？"

"记得，当时您的反应便有些奇怪。"

"满江红有两个厨子都会做这道秧草炖河豚，我以前只要吃上一口，就能品出是哪个小子做的。可那天，我突然发现自己分辨不出了，你知道这意味着什么吗？"老人看着我，又悲哀地自问自答，"这意味着我老了，我的味觉已经开始退化。所以我已经不能再等待！"

我终于彻底恍然了。老人想要品尝到天下独尊的美味，必须要具备良好的味觉功能。一旦味觉开始退化，他便没了等待的本钱。从那时开始，他已抱定了"拼死吃河豚"的决心。

谜底终于揭开，而我却不敢想象接下来会发生的事情："难道，难道您真的会……"

"是的，我很快就会死。"我不忍说出的字眼老人却坦然接了过去，"这锅汤能稍稍延长我的生命，但也不会太久。你不必为我难过，这是我的宿命，六十年前就已然确定了。就像你今天来到这里，便确定了你此后的宿命一样。"

"我……我的宿命？"我张大嘴看着对面的老人。老人也在看着我，那目光中似乎仍然藏着未尽的秘密，令我不寒而栗。

"难道你不想尝到西施笑的滋味吗？它不会成为你今后魂萦梦绕的牵挂吗？所以你一定会继承我未尽的梦想，将这锅草药继续钻研下去。"老人一边说一边掏出个信封推在了桌面上，"这便是三十七味草药的配方，你拿去吧。另外我已写好了遗书，这几间屋子、这一片药园从此都是你的，你还有好几十年的时间，好好利用吧，我相信你最终不会和我一样。"

我彻底地愣住了。光看着桌上的那个信封，一时却不敢伸手去接。

"拿去吧,犹豫也没用。"老人自信地说道,"我是不会选错人的——你如此的眷恋美食,又充满了好奇心和探索欲,你根本无法抗拒这个诱惑。"

是的,他确实没有选错人。我无奈地苦笑着,终于将那个信封抓在了手中。

老人长长地吁了口气,像是完成了最后的心愿。然后他又说道:"帮我个忙,把那半块西施笑喂到我嘴里吧。——我已经看不见了。"

我的心蓦然一沉,虽然是预见到的结局。但这结局真的迫近时,却仍然令人难以接受。

"快点吧。"老人催促着。大概是毒素已经侵入到他的声带,他的嗓音也颤抖起来。他的肌肉也在失去力量,于是他把身体往后仰靠在椅背上,姿势就如同六十年前的徐老倌一般。他用最后的力气张开嘴,默默地等待着。

一种莫名的情绪在我的体内冲撞,令我的眼鼻酸胀难忍。我勉力控制住泪腺上的冲动,将餐碟中那半块西施笑夹起来,送入了老人的口中。

老人慢慢地咀嚼着,此刻他浑身的感官大概都已麻痹了,唯一剩下口舌间的味觉。他什么也听不见,什么也看不见,他在用全部的生命享受着那超越人间的美味。

笑容出现在他的脸上。我从未见过的安详的、满足的笑容。我相信他要去的地方一定不是地狱,而是天堂。

我手中握着那个信封,薄薄的一张纸却似有千斤的重量。我看着那老人,忽然觉得那或许就是几十年后的自己。当老人最后的咀嚼停止之时,我终于理解了他曾经说过的话语。

他说:"到那时候,你再想后悔可就来不及了。"

惜鳞鱼

初夏，古城扬州。

前一阵连绵的梅雨把整个城市洗刷得干干净净，现在太阳出来了，便别有一番鲜亮明媚的感觉。街头的那些高楼大厦也似换了新装，它们耸立在灿烂的阳光中，展示出这座城市蓬勃的新生气息。

然而古老的东西也并未逝去。它们藏在那些商厦豪楼的背后，藏在那幽深曲折的古巷之中。这里全无都市的喧嚣和繁华，有的只是寂寞的巷道和两侧青砖黛瓦的民屋。

一个年轻人正在这古巷中辗转穿行。他穿着洁白的衬衫和笔挺的西裤，一身装扮与古巷的气氛格格不入。他的脚步也过于匆忙，那坚硬的皮鞋踩在光光的石板路上，激起一连串"哒哒哒"的声音，划破了古巷的宁静。

拐过了两个弯口，前方的巷道愈发狭窄，年轻人的步履却渐渐彷徨。他似乎急着要去某个地方，但又不知那目标具体位于何处。在一个十字巷口，他终于茫然停下了脚步。

正踯躅间,年轻人忽又精神一振。他微微仰起脸,鼻尖急速地翕动了两下。他闻到了一股奇妙的香味,那香味如此纯正,让人在瞬间便有了饥肠辘辘的感觉。

年轻人闻了片刻,然后他转身迈步,拐进了右手边的巷口。这是一条死巷,只有一个入口,另一头却是封闭不通的。位于巷道尽头的是一座独门小院。越接近那小院时,香味便越发浓郁。年轻人知道自己的判断没错,他加快脚步来到院门前,伸手在门板上轻敲了两下。

一个略显苍老的男声在院内应道:"门没锁,进来吧。"年轻人推门而入,一个小小的院落出现在他的眼前。院子正中摆了张方桌,桌前坐着一长一少两名男子。少年人大约十四五岁,长者则年近半百。从相貌上来看,他们当是一对父子。方桌上摆着两碗饭,一盆汤,都腾腾地冒着热气,那奇妙的香味正是源此而来。

来访的年轻人用力嗅了两下鼻子,神色陶醉。然后他衷心赞道:"蛋炒饭!神仙汤!妙不可言啊!"

年长的男子闻言便把手中的筷子一放,饶有兴趣地问道:"你也懂烹饪?"

"我是临江楼的总厨。我姓王,叫王晓东。"年轻人介绍着自己的身份。临江楼是扬州城内赫赫有名的百年酒楼，而总厨则是统领酒楼厨房的烹饪主管。

半百男子点头道："不错，年纪轻轻就入主名楼后厨，在烹饪界也算是难得的人才了。"

王晓东冲那男子谦卑地鞠了一躬，道："在前辈面前，我怎么敢妄称人才？"

"哦？"男子眯起眼睛问道，"你认识我？"

王晓东微笑道："就冲这蛋炒饭和神仙汤的功力——您不是闫长清闫师傅还能是谁？"

那男子也笑了："这么多年了，没想到烹饪界还有人记得我的名字。"坐在一旁的少年此刻也抬起头来，好奇地看着他。闫长清便摸了摸少年的脑袋，道："你先吃饭，不要管我们。"

少年"嗯"了一声，捧起面前的饭碗，吃得香甜无比。

闫长清又转过头来问年轻人："你是专程来找我的？"

"是。"王晓东恭恭敬敬地说道，"我们老板想请闫师傅到临江楼一展身手。"

闫长清想也不想，摇头道："我已经十多年没有正经把过厨刀了。现在烹饪界人才辈出，何必来找我这个技艺生疏的老家伙？"

"您太自谦了。就凭这桌上的蛋炒饭和神仙汤,放眼扬州城,有几个人能做得出来?"王晓东顿了一顿,又向前迈了一步,凑着身体说道,"而且今天的这道菜,必须由您出马不可!"

见对方说得如此坚决,闫长清便皱起眉头问道:"什么菜?"

王晓东轻轻吐出三个字来:"惜——鳞——鱼。"

"惜鳞鱼?"闫长清蓦地一愣,"这怎么可能?惜鳞鱼已经绝迹十多年了!"

"确实是惜鳞鱼!"王晓东认真地说道,"我们老板今天上午刚刚找到的,立刻就让我来请您出山呢。"

"哦?"闫长清用手指轻轻地敲着桌面,面色沉吟,也不知在想些什么。片刻之后他喃喃说道:"那我倒真得过去看看……"

王晓东心中一喜,连忙躬身让了个礼:"您请!"

闫长清却不急着起身,他转头向桌边的少年嘱咐说:"晓峰,你吃完饭自己把碗筷收拾了。中午睡一会儿,睡醒了再做功课。"

"放心吧。"那少年乖巧地应道,"爸,您早点回来。"

闫长清点点头,他看着那少年,目光中充满了慈爱。一旁的王晓东见此情形,忍不住赞道:"很多前辈提及闫师傅的时候,都会说起您父子情深。今天一见,果然叫人羡慕。"

闫长清淡淡一笑，眉宇间却掠过一丝忧伤。不过他很快便掩饰住自己的情绪，起身招呼道："走吧。"

王晓东头前领路，两人一路走出了古巷。到了繁华的街面上，却见早有一辆小车在路边等候。大约半个小时之后，小车载着二人来到了一座古色古香的楼宇前，那楼门上的金字牌匾绚丽夺目：临江楼！

临江楼，顾名思义，此楼正是毗邻长江而立。这座酒楼以各类江鲜作为主打招牌，在扬州城独树一帜，历经百年风雨而不倒。经营临江楼的陈家也早已成了扬州餐饮界屈指可数的名流。

小车并未在楼前停靠，而是贴着楼侧转了个弯，又向着楼后驶去。原来那楼宇背面自有一片园林。园子里不仅遍布着绿树假山，更藏着一汪湖泊。那湖面虽然不大，但湖水清澈，波光粼粼，真是个极为美妙的去处。

小车贴着湖泊停下，王晓东把闫长清让下车，伸手指着湖边的一座水榭说道："这里叫做柳湖榭，我们老板正在厅里等着您哪！"

闫长清一边向着水榭走去，一边暗自观赏。只见那水榭探在湖面之上，三面环水，两侧柳岸成荫，果不负"柳湖"二字。不片刻两人便到了水榭门边，王晓东扬手说了声："请。"闫长清点点头,迈步而入。

厅中早已围了一桌人,主座上一名老者身着唐装,相貌清癯。王晓东从闫长清身后抢上来,对那老者说道:"陈老板,闫师傅请到了。"原来那人就是临江楼的老板陈风扬,他起身迎了两步,热情地打着招呼:"闫师傅大驾光临,这可真是临江楼的荣幸。"

"陈老板太客气了。"闫长清还了个礼,随后便直入主题问道:"——那鱼在哪儿呢?"

陈老板招了招手:"请到这边来看。"他一边说一边走到了水榭的东南角上,那里的地板被镂空了,往下砌了一个水池,池中水波轻荡,一条鱼儿正静静地沉在水中,一动不动。

闫长清三两步赶过去,蹲下身来细细端详。只见那条鱼身长约有一尺,体型侧扁呈椭圆形,鱼体背部灰黑,略带着蓝绿色的光泽,鱼腹则是一片银白,充满了富贵之气。

"闫师傅,你看仔细了。"陈老板在一旁提醒道,"我这池子可是和湖水通着的;而且我只用了一根丝线穿着那鱼儿背部的一片鱼鳞。"

闫长清定睛再看,果然在碧水中发现了一条黄色的丝线。那细细的丝线一头拴在了水池边的木桩上,另一头则穿过了鱼背上的一页鳞片。丝线在水中绷得笔直,看来那鱼儿本想向着湖水中逃脱,但受到那根丝线所限,所以游出一段距离之后便无法再动了。

当看清这一幕之后,闫长清深吸了一口长气,赞叹道:"果然是惜鳞鱼。"

陈老板得意地哈哈大笑起来:"没有这条惜鳞鱼,又怎能请得动你闫长清?"

闫长清也笑了,但他的笑容中却明显夹杂着苦涩的滋味。"我终于又见到了这鱼儿。"他感慨万千地说道,"我还以为这辈子都没机会了……"

"我就知道你心里放不下这惜鳞鱼!"陈老板负手说道,"二十年前,扬州的厨王大赛,你用惜鳞鱼做了那道'细雨鱼儿出',一举夺得了厨王的称号。当时我作为大赛的评委,亲口品尝了惜鳞鱼的美味。那滋味叫人怎能忘怀?后来你封刀退出厨界,别人都以为你是因为夫人意外身亡而一蹶不振,但我却知道事情并不那么简单——你的归隐其实和惜鳞鱼的消失有关,我猜的对吗?"

闫长清沉默了片刻,反问:"你为什么这么想?"

陈老板说:"每年初夏,到了惜鳞鱼入江的季节,我都会看到你在江边辗转徘徊——你不是在等那鱼儿回来吗?"

闫长清点头承认:"不错。我确实在等,等那惜鳞鱼重回江中。"

"我也在等。只不过你在岸边,而我却在江面上。我坐着快艇,寻遍每一艘渔船。我希望在那些渔民的网里能发现惜鳞鱼美丽的身影。自从你归隐之后,我年年如此,从未间断。功夫不负有心人。就在今天早上,终于被我找到了这条鱼儿。我当时的心情真是无法形容!我邀来了这些客人——他们都是当今扬城厨界的名流,同时我让晓东把你请出山。闫师傅,惜鳞鱼回来了,你也该重出江湖了吧?扬州的食客已经十多年没有尝到真正的江鲜啦!"陈老板越说越激动,最后的嗓门中竟带出了颤音。

闫长清回头向厅中看去,那满满一桌的客人都在翘首以待。回想往事,他心头却是五味交杂,一时竟不知该说些什么。良久之后,他才悠悠开口:"诸位今天都是为了这惜鳞鱼而来?"

"可不是吗?"一个胖乎乎的男子率先响应,"我跟陈老板交往三年了,他年年都要夸赞惜鳞鱼的妙处。好像我们没吃过惜鳞鱼的人就根本不懂什么叫做江鲜!今天终于有机会开开眼啦!"

另一人道:"闫师傅,您当年勇夺厨王的事迹我也曾听说过。今天能尝到厨王的手艺,那真是口福不浅。"

还有一个年轻人此刻却满脸困惑,他等别人都说完了,这才忍不住问道:"你们说的惜鳞鱼到底是个什么鱼?我怎么从来没听过这个名字?还请诸位前辈多多指点。"

陈老板看着那年轻人微微一笑,说:"惜鳞鱼你没有听过,那'鲥鱼'你总该知道吧?"

"知道知道。"年轻人连连点头,"鲥鱼那是长江三鲜之首啊!张爱玲曾经提到人生的三件憾事:一恨鲥鱼多刺,二恨海棠无香,三恨红楼梦未完。由此可见鲥鱼的美味。"

"这惜鳞鱼就是鲥鱼。"陈老板顿了一顿,又问对方,"你吃过鲥鱼吗?"

"哎哟,这鲥鱼可难得了。这几年市场上的价格据说要好几千块一斤!就算这样,那也是有价无市,一鱼难求!不过去年城北有个富商请我吃饭,那席上就有一条鲥鱼。我有幸尝过,确实美味无比。原来这鲥鱼就是惜鳞鱼啊!"年轻人说得眉飞色舞,隐隐有炫耀之意:这么多前辈聚集一堂,只为品尝惜鳞鱼的滋味,自己可早就吃过啦!这番经历岂不抢足了风头?

不过他的得意只维持了短短几秒钟,因为陈老板已在一旁郑重纠正:"你说错了。惜鳞鱼是鲥鱼,但鲥鱼却不是惜鳞鱼!"

"啊?"年轻人莫名其妙地张大了嘴,"这……这话就是正反一说，难道还有什么区别吗？"

"当然有区别了——我问你，你去年吃的那条鲥鱼有没有刮鳞？"

"没有啊。"年轻人淡淡一笑，说，"吃鲥鱼不刮鳞，这道理谁不懂？鲥鱼的鳞片下面富含脂肪，这些脂肪融化后渗到鱼的身体里，鱼肉吃起来才会肥美。吃鲥鱼如果刮了鳞，那就是暴殄天物了。"

"你明白这道理就好。"陈老板冲那年轻人一招手说，"来，你过来仔细看看。"

年轻人起身离席，三两步走到了水池边。陈老板指着水中的鱼儿问他："你看，这条丝线为什么能拴住这么大的一条活鱼？"

年轻人看了片刻，讶然道："这可真是奇怪！这么细的丝线，轻轻一挣就会断掉吧？这鱼儿怎么这么老实，竟然没有逃走？"

"因为它舍不得弄伤自己的鳞片。这样的鱼儿才称得上'惜鳞鱼'，是鲥鱼中的极品！"

年轻人"哦"了一声，表情却是一知半解的。于是陈老板便又详细解释："鲥鱼的鳞片下藏有脂肪，而这脂肪的丰满程度又因鱼而异。脂肪越是丰满的鱼儿，它对自身的鳞片便越是爱惜——

这就是鲥鱼的天性。你看这池子里的鱼：只需一根丝线拴住它的背鳞，它便不敢逃脱。这说明它的鳞片下已经布满了肥美的脂肪！这种'惜鳞鱼'在鲥鱼里是百里挑一的角色，是真正的极品！我苦苦寻找了十多年，才终于找到这么一条！"

"原来是这样……"年轻人听明白了，他忍不住要问："那这惜鳞鱼的滋味和普通鲥鱼相比，能有多大的差别呢？"

"这个还真是不好形容……"陈老板沉吟道，"这么说吧，如果惜鳞鱼是黄金般的品质，那普通的鲥鱼最多也只能算是一块黄铜。"

年轻人愕然惊叹："竟有这么大的差别？"他回想自己去年吃的那条鲥鱼，自觉滋味已然妙不可言。若按陈老板的说法，那这条惜鳞鱼该美味到何种地步？他简直无法想象。只能眼巴巴地看着那鱼儿，干咽了一大口馋涎。

陈老板看到对方这副模样，便笑眯眯地伸手在年轻人肩头一拍："小伙子，你今天真是好口福啊。不光能尝到惜鳞鱼，而且还能见识闫长清闫师傅手笔，这可是天造地设般的组合，世间仅有！"

"这鲥鱼只要清蒸就可以了吧？"年轻人小心翼翼地问道，"不知道闫师傅烹制时有什么独到之处？"

陈老板道:"这里面学问深着呢!别的不说,你去年吃的鲥鱼没有刮鳞,从做法上来说,这就已经落了下乘!"

年轻人茫然眨了眨眼睛,又糊涂了:"啊?这鲥鱼的美味不都在鳞片上吗?怎么能刮鳞呢?"

"刮鳞不等于弃鳞。鳞片虽然美味,但如果留在鱼身上烹制,难免要影响口感。闫师傅的做法,素来是将鳞片全部刮下,然后再用丝线一片片地串起来,烹制时悬挂在鱼身上方。那热腾腾的蒸汽氲上来,脂肪融化滴落,恰好能渗入鱼肉之中。"

"把鱼鳞一片片地串起来?这得费多大的功夫?"

"你觉得不可思议?可这活到了闫师傅手里却是小菜一碟。他不但能把所有的鳞片串起来,而且最后上蒸锅的时候,那褪了鳞的鱼还是活的。绝对能保证肉质的鲜活美味。"

年轻人听到这里,已然是目瞪口呆。而厅中的那些客人也忍不住连声赞叹。

"绝了,真是神乎其技!"

"难怪这菜名叫做'细雨鱼儿出'!你们想啊,这鱼脂滴落,鱼身在蒸汽中若隐若现,这幅场景岂不正应和了大诗人杜甫的名句!

"色、香、味、意、形全都做到了极致——果然是厨王的手笔！"

……

在满堂赞誉声中，闫长清却沉默不语。他始终蹲着身子，目光只看着池中的那条鱼儿，思绪翩翩，不知落于何处。

"闫师傅，这条惜鳞鱼今天可就交给你了，请你赶快一展身手吧——"陈老板在一旁催促道，"大家都已经迫不及待啦。"

闫长清慢慢站起身，神色依旧惘然。陈老板注意到他反常的表现，便皱眉问道："闫师傅，你怎么了？"

厅里其他人也感觉到气氛有点不对，他们不再喧哗。一时间所有人的目光都聚焦在闫长清身上，水榭中出现了短暂的静默。

片刻之后，闫长清终于开口了。他用目光环视着众人，悠悠说道："惜鳞鱼，惜鳞鱼……你们可知道，这鱼儿为何会对鳞片如此的珍惜？"

众人皆是一愣。他们只知道爱惜鱼鳞是鲫鱼的天性，但具体的原因却从未细想过。而惜鳞鱼爱鳞如命，这的确让人难以理解。就说池子里的那条鱼儿，其实只被丝线穿住了一片鱼鳞。它若奋力挣扎，最坏的结果不过是损坏了那片鱼鳞，它为什么不敢呢？难道在它看来，一片鱼鳞竟比自由和生命还要宝贵？

却听闫长清又继续说道:"十多年来,不要说惜鳞鱼,就是寻常的鲥鱼也难觅踪迹。你们可知道,这又是为什么?"

"这个我知道。鲥鱼如此美味,大家当然都爱吃啊。你也吃,我也吃,最后不就吃绝了吗?"说话的人是王晓东,而其他人也频频点头,显然是赞同他的观点。

闫长清却摇头道:"你们只知其一,不知其二。这鲥鱼消失另有一个关键的秘密,而这秘密就藏在这条惜鳞鱼的鳞片之中。"

"哦?"陈老板立刻拱手道,"其中奥妙,烦请闫师傅指点。"

"指点二字就说不上了。其实参透这秘密的人并不是我,而是我那去世多年的妻子。"闫长清一边说一边缓缓转头,他目视着窗外的湖面,神色唏嘘。

陈老板知道对方定是忆及了如烟往事,他轻轻一叹:"唉,夫人离去也有十多年了吧?"

"十四年。那时晓峰才刚刚出生两个多月。"闫长清看看陈老板,又道:"你我也算老相识了——我妻子当年遭遇的那场意外,具体情况你应该知道吧?"

"我听说夫人是带孩子回娘家的路上遭遇了车祸:那辆大客车撞上了一辆货车的尾部,失事起火。当时夫人本来是可以逃生的,但是装孩子的婴儿篮被变形的座位卡住了。夫人便趴在座位上，用身体护住了孩子。等救援人员扑灭大火的时候，孩子安然无恙，但夫人却严重烧伤，虽然医院全力救治，但最终还是没能挽回她的生命……"陈老板诉说着那段往事，声音低沉。在场的其他人闻之尽皆动容。

闫长清默然听完，眼中隐隐泛起波光。然后他又回忆道："我妻子在世的时候，也是最爱吃我做的惜鳞鱼。她这个人好奇心很重，一边吃鱼还要一边问我：这鱼为什么要鳞不要命？我答不上来，她就笑话我，说我终究是个厨子，只知道做菜，却不明万物之理。"说完这番话后，闫长清自惭地笑了笑，那表情中有七分凄凉，但也有三分温馨。

"那后来是夫人把这事弄明白了？"

闫长清回答说："她专门买了一本有关鱼类的科普读物，对鲥鱼的习性好生研究了一番。不过那惜鳞鱼为何爱鳞如命？她当时还是想不明白。她真正理解惜鳞鱼的秘密，是在出了那场车祸之后……"

陈老板心中暗想：难道这事和车祸有什么联系？不过这话又不能细问，只好继续看着闫长清，等待对方的解释。

闫长清沉默了一会,然后他环视着厅内众人问道:"对世上的生灵来说,有什么会比自己的生命更加重要?"

陈老板的思维敏锐,他把对方的前言后语联系起来一琢磨,蓦然间有了答案,脱口而出:"孩子!"

"不错。为了孕育后代,宁可牺牲自己——这正是世间万物的本能。"闫长清一边说一边又蹲下身,他把手探入水池中,轻轻抚摸着那鱼儿的身体。鱼儿一摆尾巴避让开去。它躲避的方向是游向了池尾,紧绷的丝线在水中软耷下来。

"你看,它无论如何也不肯伤了自己的鳞片,因为那鳞片里的脂肪正是为了孕育后代所用。"闫长清抬头看了看陈老板,起身继续详解,"鲥鱼是洄游鱼类,平时生活在海水中。但每年初夏时分,发育成熟的鲥鱼便会沿江而上,到合适的江水浅滩中交配产卵。鲥鱼交配之后就不再进食,此后的生命全靠鱼鳞下的脂肪来维持。什么样的鲥鱼最为肥美?那就是刚刚完成交配的母鱼。在交配前它们会大量进食,于是鱼鳞下便储存了厚厚的脂肪。有了这些脂肪,它们才能孕育腹中的新生命。在这个过程中,母鱼会日渐消瘦,直到鱼籽成熟,排出体外。这时母鱼早已油尽灯枯,鱼鳞也成了薄薄的一层,有很多母鱼甚至在排卵之后就死去了。"

陈老板听到这里，忍不住啧啧称奇，他凝目看向脚下的水池："难道这一条也是刚刚受孕的母鱼？"

闫长清答道："那当然——惜鳞鱼无一例外。因为承载着繁育后代的使命，所以它们才会惜鳞如命。那鳞片下蕴藏的不仅仅是肥美的脂肪，更是孕育新生命的希望。当年我妻子舍命护子之后，这才理解了惜鳞鱼的天性。在弥留的时候，她把这个道理讲给我听。而她说过的一句话则令我永生难忘……"

陈老板轻声问道："夫人说了什么？"

"她说，我们是人，它们只是小小的鱼儿。但做母亲的情怀，却是万物相通的……"

闫长清说完这话，便陷入了长久的沉默。而厅中众人也各自低头沉思，心中难免感慨起伏。

也不知过了多久，忽听陈老板叹道："难怪，难怪……"

一旁的王晓东问："难怪什么？"

"难怪这鲥鱼会日渐绝迹。人人爱吃惜鳞鱼，那鱼儿不绝后才怪呢！"

闫长清点头道："正是这个道理！我妻子去世之后，我便发誓再也不烹制惜鳞鱼。为了确保实现这个誓言，我甚至退出了厨界。这十多年来,我每年初夏都在江边徘徊。我的确在寻找惜鳞鱼,但我不是要吃它们。我只是希望它们能够回来。"

陈老板"嘿"地一笑,说:"我全都明白了。"

"陈老板。"闫长清忽又正色说道,"你之前说今天这条惜鳞鱼就交给我了。这话现在还算数吗?"

陈老板一愣,但他很快就明白了对方的意思,忙道:"算数,当然算数!"

闫长清拱手微笑道:"谢谢了!"然后他蹲下身,探手到池水中捏住了那根丝线,俩指轻轻一扯,丝线已从中而断。当他再起身的时候,那条惜鳞鱼摇摆着漂亮的尾鳍,早已向着湖水深处游去了。

湖水与江水相通,远处自有它的驰骋之地。

闫长清凭窗而眺,似能在隐隐波光中看到那鱼儿自由的背影。他的脸上布满笑意,但眼角却又闪起了点点泪花……

欢喜霸王脸

"初打春雷第一声，雨后春笋玉淋淋。买来配烧花猪头，不问厨娘问老僧。"

我不是一个喜爱诗词歌赋的人，我能记住扬州八怪之一罗聘写的这首七绝，完全是因为美味的烧猪头。

淮扬传统"三头宴"的第一款大菜就是"扒烧整猪头"。这道菜相传是清代法海寺的僧人所创。最初做的并不是整猪头，用的烹饪器具也很特别。当时的僧人将猪头肉切成像"东坡肉"那样一寸见方的肉块，塞进未曾用过的尿壶里，加进各种佐料和适量的水，用木塞将壶口塞紧，然后用铁丝将尿壶吊在点燃的蜡烛上慢慢焖制，这样即使有人看见，也会以为他们在烤去尿壶中的骚味，决不会想到竟然是在烹制美味的猪头肉。

后来乾隆皇帝南巡经过法海寺，闻见肉香，暗暗查访，发现了和尚们偷制猪头肉的秘密。乾隆爷大为震怒，指斥僧人们不守清规戒律。大家都很惶恐，只有一个和尚从容答道，他们烹制的猪头肉，自己并不食用，而是卖给附近居民，从而筹集为佛像装金的钱款。乾隆爷息怒后,也忍不住尝了尝那些猪头肉,果然味道香郁,令人赞不绝口。于是乾隆爷就特许法海寺的和尚公开制卖猪头肉,后来这猪头肉就成了法海寺的一道名菜,脱离了尿壶之后,不断改进,才有了今天的"扒烧整猪头"。

知道这个典故,我们才能明白罗聘七绝中"不问厨娘问老僧"的含义。

三月新春,乍暖尤寒,正是品尝烧猪头的最佳时节。

我,作为扬州城最资深的食客之一,自然不会辜负这天赐的美味。

我居住在城东的阳午巷中。年头上,巷口新开了一家馆子,门脸虽小,但做出的"扒烧整猪头"味道确实不坏。最近这一阵,我常在下班后踱步过去,约上两个朋友,点上一只烧猪头,再来一瓶老酒,享用一个暖烘烘、香喷喷的早春夜晚。

这天工作上有些拖延,折腾到八九点钟还没吃晚饭。好容易消停下来,早已是饥肠辘辘。当下二话不说,直奔那小店而去。

头拨客人已散去,像这样的小店,差不多该关门打烊了。因为是熟客,老板还是热情地招呼了我。不劳我多说,他已扯起嗓子向着后厨方向大喝了一声:"烧猪头一只,抓紧咪……"

不多时，一只枣红油亮的烧猪头已摆放在我的面前。未及下箸，香味已迫不及待地四下飘散。

我悠哉哉地自斟了一杯老酒，正待举杯轻酌，忽听得门口处脚步声响，抬眼看去，只见一个男子负着双手走进店来。

这男子大约五十岁上下，身形虽瘦小，但腰杆却挺得笔直，行走间也透着一股精干的气质。他微微仰起脸，双眼半闭半合，鼻子反倒挺得老高。

这是一只令人过目难忘的鼻子，它不仅大，而且鼻翼两翕正在不停地微微颤动。看那情形，似乎此人竟是靠这鼻子一路闻到了此处。

老板早已笑吟吟地上前："您是新客吧？来点什么？"

"烧猪头。"男子说的虽然是扬州话，但口音却不很纯正。

"呦，真是不巧，今天的猪头都卖完了。"老板面露难色，往我桌上指了指，"那就是最后一只。"

"闻起来倒是不坏。卖完了？可惜可惜……"男子摇头叹息。

我是个喜欢结交朋友的人，见他如此，忍不住开口相邀："这位先生，如果不嫌弃，不如来我这边同坐。这只大猪头，我一个人吃也费劲。"

男子说了句："好！"上前两步在我对面坐下。微睁的双眼顾不上看我，便已直勾勾地盯上了那只猪头。

我摆好杯子，想给他也斟上老酒，他却一摆手拒绝了："酒坏味蕾。您自用。"

我呵呵笑了两声："既然如此，那我也不勉强。不过美食无酒，未免少了很多乐趣。对了，还没请教先生高姓？"

"孙。"男子心不在焉地答了一句，他的注意力显然全在那只猪头上。

既然同为饕餮之徒，我也不再多说别的："来，孙兄请用吧。"

男子拿起筷子，轻轻伸向猪头的腮部，夹下一小块肉来。

我心中一动，此人倒也是个行家！

要知道凡世间可食之活物，最鲜嫩，口感最好的部位便是其周身活动最多的部位。如鸡之翅膀、鱼之腹肚、牛狗之尾根等等。而猪一生贪吃，头部肉质便以两腮处最为活嫩。男子直奔此处而去，自然是深谙此道。

只见他把那块腮肉送入口中，然后闭上眼睛，慢慢咀嚼起来。他的神情是如此专注，全身上下除了唇齿之外，竟都纹丝不动，似乎所有的感观都已集中在了那一片小小的味蕾上。

良久之后,他微微睁开眼睛,说道:"过甜微腥,多了半分糖,缺了两块瓦片。"

"哦?"我听了这番评价,也夹起一块猪头肉细细品尝。果然如他所言,存在着一些的缺憾,不过这缺憾实在太过细微,若不是修炼成精的食客,决计无法品出其中的差别。

"孙兄味觉犀利,佩服!"我由衷地赞叹了一句,又问道,"不过糖多了可以理解,这'缺了两块瓦片'是什么意思呢?"

"你也能尝出这道菜略过甜腥?"男子抬起头,终于看了我一眼,目光中颇有些惊讶,然后他放下筷子,反问我,"这猪头最初是法海寺的和尚用尿壶烧出来的,你应该知道吧?"

我点点头:"当然。"

却听男子又道:"法海寺的和尚使用尿壶,原本是为了掩人耳目,没想到却误打误撞,做出了绝世的美味,这其中的道理,只怕你未必明白。"

"难道这尿壶里有什么讲究?"我被勾起了兴趣,好奇地追问。

"这猪头肉烹制过程中很关键的一点,就要除去猪头中的圈腥气。"男子解释说,"而古时尿壶是用陶土制成,烹制过程中就像一个细密的砂滤斗,可将猪头中的圈腥气吸附其中。"

"哦。"我有些明白了,"这瓦片也是陶土制成……"

男子点头:"焖烧猪头时如果用两片大陶瓦垫底,就可以起到当初尿壶的去腥作用。"

我拍手称妙,一仰脖自饮了一杯:"妙!妙!孙兄不要光顾说了,这猪头虽然略有微瑕,但仍不失为人间妙味,来,继续吃,继续吃!"

男子却摇摇头:"一块已经足够。吃多了,反而坏了味感。"然后他挥手招呼老板:"给我上一碗米饭,再弄点清淡的素菜,一并打包带走。"

我不解地看着他:"你刚才专要点烧猪头,现在却只吃一块?"

男子没有回答我的话,却转头看向忙着准备饭菜的老板,一本正经地问道:"老板,现在扬州城里,哪一家的猪头烧得最好?"

"我怎敢评价同行?"老板嘿嘿一笑,把皮球踢给了我,"这位段先生是扬州城远近闻名的美食家,你该问他才对。"

男子冲我抬手一揖:"请先生指教!"

我连忙还了个礼:"不敢不敢。扬州城里烧猪头做得最好的,其实众所周知,当然是城北的百年老字号'同乐居'。那里的凌二老板,说起来还是我的好朋友呢。"

"同乐居，凌二……好！好！"男子眼中突然精光闪现，不过瞬间又收了回去，略顿片刻后，他又问，"既然如此，你为什么不去吃同乐居的猪头呢？"

"凌二的猪头虽然做得好，但他有个规矩，一天只做十个。所以要吃他做的猪头，必须赶早排队才行。"店老板在一旁插话说，"如果不是这样，我们这些小店哪还有生意呀。"

"好，好。"男子口中说好，脸上却没有任何愉悦的表情，他冷冷地哼了一声，"连那老头的臭脾气他都学去了。"

我一愣，不明白他这话什么意思，正想问问时，那男子却从口袋里摸出一封信来，对我说道："我正要找凌二有事。既然你们是朋友，这封信就麻烦你转交一下吧。"

说完，他把信放在我面前的桌子上，也不管我答应与否，起身与老板结清了饭菜钱，竟自顾自地走了。

"真是个怪人。"老板看着男子的背影，喃喃说道，"为什么我看着他的时候，总觉得很不舒服呢？"

是的，我也和店老板有同样的感觉，而且我知道其中的原因：从进店到最后离开，这男子从来就没有笑过。他身上有一种奇怪的气质，似乎天生注定就是一个不开心的人。

我到达"同乐居"的时候，凌二正惬意地蹲在板凳上，围着一方象棋盘和街坊杀得正酣。

每天只做十个烧猪头，其他的时间要用来享受生活。这就是凌二的人生态度。

和以往一样，一来到凌二身边，我就被他那欢快的情绪感染了，情不自禁地凑到他身边当起了"草头军师"。

和他烧猪头的技术相比，凌二的棋力可差了太远，再加上有我在一旁瞎掺和，很快就败下阵来。

凌二一边笑哈哈地自我解嘲，一边从我手中接过那封信，打开读了起来。片刻后，他用手挠了挠头，脸上出现尴尬的神色："怎么……是孙大……他回来了？"

"孙大？是什么人？"

"是我的师兄。十年前，师父把'同乐居'主厨的位置传给了我，师兄一生气，就离开了扬州。从此我们再也没有联系过。"一向嘻哈无束的凌二此时也凝起神色，应该是陷入了回忆中。

"那他又回来干什么？"我得知了这段典故，顿时心痒难搔，情不自禁地去窥看信上的内容。

"哎，拿去拿去。"凌二注意到我的异常，大大咧咧地把信甩给了我,"脖子快抻成长颈鹿了!"

信上只有简短的一句话:

"三天后携猪头前来拜会凌二老板及尊师。孙大。"

"他这是要……和你比试厨艺?"我猜测到。

"那当然。师父选我为传人,他非常不服气,临走时说过,总有一天他会回来,让大家知道到底谁能够做出最好的烧猪头。我等了十年,这一天终于来了。"

"那你有把握赢他吗?"我想起孙大那高深莫测的样子,心中不免有些惴惴。

"我师兄要想做成的事情,没有谁能够拦得住他。"凌二草草回了一句,"嗨,三天之后的事情,你想那么多干什么?来,下棋,接着下棋!"

说罢,凌二一扭头,似乎这些事也被抛在了脑后。

我苦笑了一下,这个年近不惑的人,很多时候却仍然像一个无忧无虑的孩子。也许正是因为这样,我们才会成为好朋友吧?

凌二、孙大,师出同门,技艺绝顶。这两人间的比试,究竟会出现什么样的结果呢?

我心中充满了期待,好在三天的等待并不算长。我征得凌二的同意后，有幸在"同乐居"的后厨见证了那一场颠峰对决。

在场的还有一些淮扬厨界的资深人士，"同乐居"的老掌柜张惠勇当然也在。已年近古稀的他看着自己两个徒弟窝里斗，只怕会别有一番复杂的心情吧？

孙大没有多说什么，十年的是非恩怨原本也是言语说不清楚的，一切只需在厨艺上见个分晓。

选料精细是淮扬菜系的特点之一。要想成为一名好的淮扬厨子，首先要练的就是选料功夫。

所以两人比试所有的主料——猪头，都是各自准备好的。

当孙大把他带来的猪头从菜篮中取出的时候，在场所有的人都吃了一惊。

因为谁也没有见过这么肥硕，同时又粉白粉白，看起来细嫩无比的猪头。

吃过猪头的人都知道，这猪头越细嫩，口感便越好；猪头越肥大，菜相便越好。而细嫩和肥大却又互相矛盾，这一点很好理解，猪长得越大，肉质自然越老。因此做猪头的厨师在选料时，如何把握好肥大与细嫩之间的平衡点便成了最关键的因素。

如果能有一只集"肥大"和"细嫩"于一体的猪头，这样的原料无疑是所有厨师梦寐以求的。

孙大拿出的就是这样一只猪头。

与其相比,凌二的原料就逊色了很多,连他自己都忍不住叹了口气,说:"师兄带来的猪头真是罕见,看来这选料上的功夫你可没有少下啊。"

"为了这只猪头,我花费了整整一年的时间。"孙大面无表情地说道。

一年?众人面面相觑,不解其中的含义。

"这只猪是我亲手喂养的。"孙大解释说,"从猪崽时开始,我每天都会用柳条制成的鞭子抽打它的脸部。猪脸被打伤后,出于生理的保护机制,体内的养分会集中供应到伤口处,以促进其愈合生长,久而久之,那猪头自然便长得又肥又嫩了。"

这样的养猪方法真是闻所未闻,但又确实是匠心巧妙。众人一片赞叹议论之声。

凌二摇着头苦笑了一下:"师兄一出手就抢了先机,我只能寄望在后面的烹饪步骤中翻盘了。"

"那我们就开始吧。"孙大的脸上写满了自信。

是的,他有足够的理由自信。高手过招,处处都是滴水不漏,对方要想挽回颓势，谈何容易！

两人不再多说，各自举刀操作，我睁大眼睛，一眨不眨地看着孙大，希望他能够犯下一点错误，只要一点就够了！

然而孙大自始至终一点错误都没犯。刮毛、剔骨、浸泡、焖煮、下料、控火，每个步骤都是有条不紊，丝丝入扣。他就像是一台运转良好的精密仪器，没有任何漏洞可寻。

凌二也在努力着。可是，在已然棋输一招的情况下，他的努力还会有什么意义吗？

终于，两只做好的"扒烧整猪头"端在了众人面前，小小的后厨内异香萦绕，令人馋涎欲滴。

"师父，十年前，您说我不如二弟。今天，就请您重新评判一次吧。"孙大自信满满地对张惠勇说道。

张惠勇不说话，只是专注地看着那两只做好的猪头。

他是在看菜相吗？两只猪头一大一小，个头上的差别如此明显，本不需要看这么长的时间。

难道，他还在观察另外的一些东西？

我心中突然也有了一种奇怪的感觉，我也紧盯着那两只猪头，一丝疑惑在心头萦绕着。

良久之后，张惠勇终于说话了："我们做厨子的，做来做去，最终的目的无非是让食客们满意。这位段先生是扬州城有名的食客，不如先让他来说句公道话吧。"

孙大没什么异议，冲我做了个手势："请！"

我拿起筷子，先后夹了两人做的猪头肉细细品尝。随后实事求是地评道："肉质都是又酥又烂，细嫩直如豆腐，同时味绝浓厚，在舌口间悠转不绝。如单从口味上来说，这两款猪头真是难分高下。"

"口味难分高下。好！"张惠勇沉吟片刻，"那就要比比菜相了，段先生，请坦然直言，这两只猪头，给你的第一感觉哪个更好？"

我毫不犹豫地指向了凌二的作品："这一只。"

"什么？"孙大立刻质疑，"这怎么可能？他的猪头那么小，怎么能在菜相上比过我？"

"不是大小的问题，是有一种说不出的感觉。"我皱起眉头说道，"到底是什么感觉，我也描述不出来，总之我第一眼看过去，就觉得凌二师傅做出的猪头很舒服，而孙大师傅的，多少有些别扭。"

其他人此时也微微点头，看来都赞同我的观点。只有孙大茫然四顾："舒服？什么叫舒服？"

"唉。"张惠勇此时长叹一声，看着孙大说道，"这'扒烧整猪头'，民间还有一个俗称，你还记得吧？"

孙大一怔："这我怎么会不知道，不就是'欢喜霸王脸'吗？"

"是啊，欢喜霸王脸。"张惠勇指着凌二的那份烧猪头，"你看它眯眼咧嘴，一副开怀大笑的表情。这样的菜，一端上桌，便会满屋喜气，食客们不用动筷子，心情自然已跟着好了起来。"

"开怀大笑？这只是简单的刀功和手法做出来的。"孙大不服气地争辩，"我的这只猪头，不也在开怀大笑吗？"

"表情可以作出来，但神态却是无法调节的。"张惠勇淡淡说道，"你做的猪头虽然嘴在笑，但眉眼却舒展不开，带着明显的愁容，这样的猪头端上桌，在气氛上差了何止一筹。"

张惠勇如此一点，我顿时心中恍然：不错，那种令我别扭的感觉，正是从猪头的眉眼间透露出来的。

却听张惠勇又继续说道："猪头经过宰杀和烹制的过程，皮肤和肌肉都已松弛，为什么会显出不同的神态呢？这便和活着的猪遭受的境遇有关。如果这只猪吃得饱，睡得足，整天悠然自得，久而久之，面部的皮肤和肌肉自然就呈现出欢喜的神态；反之，孙大养的那头肥猪，时常遭受凌虐折磨，终日愁眉不展，这股怨气也会一直带在眉眼之中的。这其中的道理，不知你们明白了没有？"

众人纷纷点头称是，唯有孙大两眼紧盯着自己做的那只猪头，喃喃自语："怨气？真的有怨气吗？为什么我一直没有发现呢？"

张惠勇看着孙大，目光既怜又恨："你自己想想，你已经多久没有开心地笑过了？以你的这种心境，又怎能分辨出猪头眉眼间的愉悦或悲怨呢？"

孙大惨然一笑："这么说，我终于还是输了……"

"做菜本来是一件让大家高兴的事情，你却把它搞得太沉重。舍本逐末，背离了厨道的初衷。这就是你输的原因，十年前你是这样，十年后，不知你是否能领悟。"

在张惠勇意味深长的话语中，众人全都低头不语，陷入了沉思。只有凌二始终笑嘻嘻的，一副事不关己的怡然表情。

也许他从来就没有在乎过这场比试的输赢。

所以他赢了。

今天，我讲的是个做菜的故事。其实好多事情其实也犹如做菜一般，有着同样的道理。

醉 虾

一九四二。

日寇占领扬州多年，战火早已洗去古城昔日的风流繁华，只落下一片凋零。时值初夏的梅雨季节，接连数日的阴雨更浇得城里城外灰蒙蒙的，竟没有丝毫的生气。

夜色深沉之后，全城宵禁，只有百年老店聚福阁酒楼里还亮着些许灯火。灯烛摇曳，虽然是在室内，似乎也禁不住那漫天的凄风冷雨。

烛光下摆了一只方桌，桌上备着几样时鲜小菜。两名男子相对而坐。坐在东首的是个二十来岁的年轻人，他身形削瘦，面色清朗，眉宇间却堆满了化不去的愁容。坐在他对面的则明显是个外乡人，那人穿着短衣，扎着头巾，黝黑的面庞上皱纹密布，看起来似个老者。不过他开口说话时声音却雄浑有力，又显出壮年风姿——也许那条条沟壑并非岁月的见证，而是风雨沧桑的镌刻。

"少东家，这就是您要的东西。"外乡人一边说，一边将一只小小的竹筒推到小伙子面前。小伙子目光如锥，死死地盯着那竹筒发呆，不知在想些什么。

外乡人看小伙子神色惘然，放心不下，便叮嘱道："这蛊虫已养了三年，入水则活，遇酒而化——少东家，您可切切记好了。"

小伙子点点头，然后看着那外乡人问道："这东西……效果到底怎么样？"

"少东家，您还信不过我？这可是极品！"外乡人"嘿嘿"一笑，把声音压到最低，"只要入了喉就无解。当时没有任何反应，第二天蛊虫在肠道内孳生，中蛊者开始拉稀，但只当是普通着了凉；三天后蛊虫侵入血液，中蛊者发热昏迷，这时便找最好的大夫也没用；不足一周，必七窍流血而亡！"

小伙子赞了句："很好。"脸上却淡淡的毫无笑意。他把竹筒收到桌面之下，又道："这一趟辛苦你了，请多喝几杯吧。"

"这点小事算得了什么？老东家的大恩，我永世难忘！"外乡人一边说，一边端起自己面前的酒杯，一饮而尽。

年轻人没有陪饮。他低着头，目光只盯着自己的右手。那手掌慢慢摊开，露出掌心握着的一只翠玉手镯。那玉色泽鲜浓，质地清澈，一看便知是上好的货色。只可惜手镯上断缺了寸把长的一块，只是一件残品。

良久之后，一滴清泪从空中落下，正打在那块翠玉上。眼泪牵引着年轻人的思绪，让他再次沉沦于无尽的痛苦和仇恨之中。他咬着牙，复把手掌握紧，连手腕也在微微地抖动着，像是要用尽全身的力量……

三个月前。

正是早春最烂漫之时，月色温柔如雪。

东关街西口的一幢小木楼上，不时传出一阵阵放浪的怪声笑语。偶有扬城居民路过，都远远地绕过此楼，脸上则露出既厌恶又害怕的神色。

这小楼本是明清时的书院，如今却被一个叫做小野的日本浪人占据。这小野自命风雅，平日里爱赏花弄竹，犹好美食。他自己也做得一手好料理，时常会召集一帮日本人来住所做客，把一个个好好的清闲之地弄得乌烟瘴气。

这天小野的兴致特别高，他准备了上好的清酒，和三四个日本男子喝得不亦乐乎。酒过三巡之后，便有人主动提到："小野君这次把我们叫来，肯定又有好东西要招待大家吧？"

小野哈哈大笑，举起双手用力拍了几下。立刻有几个仆人端着大盘子鱼贯而入。盘子放到榻榻米上，却见里面装着各式鱼虾海鲜。

小野拿起一柄锋利的餐刀说道："这些都是最新鲜的原料，用冰块冰镇，所以能保持美妙的口感。"

"小野先生的料理总是令人期待——"有人催促，"请赶快开始吧！"

"不急，器具还没上来呢。"在小野的话语声中，又有几个仆人走了进来，这几个人合力抬着一个大木板，木板上竟绑着一名全身赤裸的女子。

"我们大和民族的美食不仅注重食物本身，对盛载食物的餐具也从不马虎，既然要吃料理，那么最好的方法当然就是女体盛。"小野一边说话，一边指挥仆人们把木板放在了榻榻米上。木板上的女子长发披肩，容貌秀丽，她显然并不情愿充当餐具，不过她的手足都被白色的布条牢牢地捆缚在木板上，嘴也被塞上了，只能隐隐发出呜呜的声音。

客人们发出淫邪的笑声，同时纷纷拍手大赞："啊，太妙了！这么精彩的女体盛，小野君应该早点请我们来品尝啊！"

小野"嘿嘿"地笑了两声，说："合适的器具可不是那么容易找到的。要做出最上等的女体盛，必须选用美丽的处女作为容器。而这个支那女人正是最好的选择！她是在接亲的路上被我抓来的——你们想想，一个正要出嫁的新娘子，难道不是世界上最美丽，最纯洁的女人吗？"

客人们又是一阵喝彩。在一阵阵的浪笑声中，小野举起刀，用刀锋在女子雪白的躯体上游走着，像是在欣赏着属于自己的艺术品。那女子瞪大了眼睛，浑身颤抖，她无力反抗，只能痛苦承受这难以想象的恐惧和羞辱。

片刻之后，小野把刀锋从女人身上移开，他开始给那一盆盆的料理进行切片。他的动作娴熟无比，一边把切片放到女子的身上，口中一边念念有词："在'女体盛'身上摆放料理是有讲究的，蛙鱼会给人以力量，放在心脏部；旗鱼有助消化，放在腹部；扇贝增强性能力，当然要放在这里……"

小野坏笑着，将片好的扇贝放到了女子阴部，其他人也跟着淫亵地笑了起来。

女人闭上眼睛，泪水却在不断地涌出。小野则饶有兴趣地看着女人哭泣的样子，脸上浮现出满意的神色。然后他把餐刀放在一旁，拿起了筷子招呼说："诸位，请品尝吧。"

有客人提醒小野:"小野君,你忘记了芥末和酱油呢。"

小野把嘴一咧说:"蘸芥末?这只是普通的吃法,我可是日本最著名的料理大师。"

客人有些诧异:"难道要直接吃吗?"他夹起一片生鱼送入口中嚼了嚼,皱眉道:"因为没有咸味,显得有点腥呢。"

"咸味在这里。"小野用筷子夹着鱼片,一边诡谲地笑着,一边用鱼片蘸着女子脸颊上流淌的泪水,"处女的眼泪,咸咸的,苦苦的,带着一种特殊的滋味……"

说完之后,他把那鱼片送入口中,闭上眼睛一脸的陶醉。咀嚼良久他才又睁开眼,赞叹道:"一定要尝过才会知道啊。"

众人纷纷仿效,夹着料理去蘸女子的眼泪。谁也没有注意到,女子的右手偷偷摸到了小野放下的餐刀,她开始用餐刀去割捆着自己手腕的白布。

在品尝了料理的滋味之后,众人纷纷夸赞料理的美味。就在他们得意忘形的时刻,女子忽然从木板上挣扎而起,举刀直刺向身旁的小野。

小野反应极快,连忙翻身躲避,同时怪叫道:"怎么回事?"

女子又举着尖刀逼退周围的食客,直往门外冲去。但门外仆人早听见了小野的呼喊声,他们气势汹汹地拦在门口,阻断了女子的退路。女子只好反身跑向阳台,准备从阳台上跳下去。她刚刚爬到围栏之上,身后忽然有枪声响起,一颗子弹正击中了她的后心窝。

女子缓缓转过头来,冰凉的眼神中充满了怨恨。她看到小野举着一支手枪,正蔑然说道:"愚蠢的支那女人!"

女人已无力再控诉什么,她的身体缓缓翻过阳台,向着楼下的地面坠去。在落地的一瞬间,她的右手腕随着惯性摔打在坚硬的地面上,一只碧绿的手镯应声而碎。

那是心上人送给她的定情信物,他们本该在这一天永结白头。然而他们在尘世间的缘分也像这只玉镯一样,从此破碎难圆……

梅雨季节终于过去了,天色放晴之后,人的心情也跟着好转起来。

小野已经好久没和朋友们相聚,每每想到此事,他总会按捺不住地咒骂两句:都是那个可恶的支那女人扫了大家的兴致,要不然自己也不至于如此的寂寞无聊!

今天趁着天气好,倒可以把那帮家伙约过来,好好喝个痛快!

正思忖间，忽然有一个仆人匆匆进来，双手呈上了一张名帖。

那帖子上写着几行汉字。小野在中国混迹多年，对汉语也算精通。他认得那些汉字写的是：久闻小野先生风流儒雅，擅烹各式料理。现聚福阁酒楼精心打造中式料理一份，愿请小野君共赏。落款为：聚福阁少东家——郑荣。

小野眯着眼睛想了一会：聚福阁？那可是扬州城知名的百年老店，打理出淮扬美食堪称人间极品。不过我以前也曾去那店里光顾过几次，从老板到伙计，没一个给好脸色的。这次怎么会主动贴上来讨好？这事还得多加小心。

心中虽有顾虑，但美味的诱惑却又无法抵挡。淮扬菜系名满天下，这所谓的"中式料理"到底是个什么名堂呢？不管怎么说，既然是出自聚福阁少东家的手笔，那味道肯定差不了啊。今天晚上聚会，如果能有聚福阁特意奉上的料理，倒也是一件很有面子的事情。

想到这里，小野便吩咐仆人说："你去告诉这个郑荣，让他今天晚上就过来给我的朋友们打点料理。需要什么原料开个单子，你亲自去准备。另外他来了以后好好地搜查一遍，别让他带进了什么乱七八糟的东西。你明白吗？"

仆人心领神会，自按照小野的吩咐操办去了。

到了晚上，小野邀请的客人陆续聚集到小木楼。小野很得意地告诉大家：今天扬州聚福阁的少东家会赶来捧场，献上一道中国料理给诸位助兴。众人纷纷叫好，几个月前发生在小楼的惨烈一幕似乎都已被他们抛在了脑后。

待众人都坐定之后，仆人也把郑荣带到了楼上。那是一个二十来岁的年轻人，神态举止凝重肃穆，显出一种与年龄不相符的成熟。

仆人用日语向小野汇报："全身上下都仔细搜过了，什么东西都没有。"。小野暗暗点头：此刻正值盛夏，衣衫单薄，料这家伙也藏不住什么。于是他便首先开口，用略带僵硬的中文问道："郑先生，你准备做的是一道什么样的料理？"

郑荣没有正面回答，只问道："我需要的东西准备好了吗？"

小野拍拍手，立时便有仆人们将郑荣开单所列的原料送了上来。为主的是一只大瓷盆，盆里数十尾鲜活的河虾正来回游动。除此之外，还有黄酒一瓶，香葱两根，酱醋精盐等等，不一赘述。

郑荣看着盆中的虾儿，似乎颇为满意，点头道："好虾。现在正是河虾肥美的时候。等过些日子泄了籽，那味道可就要逊色三分。"

"那就请郑先生赶快动手吧。"小野皮笑肉不笑地催促着,"我们都等不及了呢。"

郑荣把右手探入瓷盆中,张开五指撩了撩水。虾儿们受到惊吓,游得愈发快速。

郑荣又解释说:"今天做的这道菜是要将活虾生食,所以烹制之前要把虾赶一赶,让它们把肠子里还没有消化的食物吐出来。这虾吃着才叫人放心。"

"生食活虾?"小野被勾起了兴趣,"这倒是符和我们大和民族的口味呢!"

郑荣没有说话,继续伸手在水中赶虾。约莫十分钟之后,他把右手撤出水盆,找毛巾擦了擦说:"行了。"

小野正和几个客人闲聊,听到此话精神一振,忙把目光又转回到郑荣身上,且看他接下来如何操作。

却见郑荣拿起一只大漏勺,轻轻探到瓷盆底部,然后手腕发力,那漏勺"倏"地在水面下转了一圈,随即便又提起。这一转一提迅捷无比,直到漏勺稳稳地停在空中,才见数十道细细的水柱从勺眼垂下来,淅淅沥沥响声不绝。再看那瓷盆,里面只剩下一汪清水，活虾竟连半只也无。原来就在这一转一提之间，盆中所有的虾儿已被郑荣一勺打尽，全部捞起！

小野在打理水鲜方面也算是个行家，见此场景，心中不免惊讶。要知道虾儿乃是活物，在水中尤其灵敏，稍有惊扰便会四散窜逃。郑荣这倏忽一转之间，就能用一只漏勺将所有的虾儿捞起，这等眼力腕力远非常人能及。

随着漏勺里的水渐渐流去，暴露出来的虾儿开始焦躁地翻跳起来。那些鲜虾活力十足，躬腰一蹦便轻轻松松地弹出了漏勺，划空足有半尺高。郑荣不慌不忙，只平端着漏勺四处游走，便堵死了虾儿们下坠的弧线。于是不管有多少虾儿蹦出来，最后总是会落回到漏勺中，无一例外。到了末了，数十只虾儿齐齐跳跃，已让旁观者眼花缭乱，郑荣手中的漏勺也舞成了一个密不透风的平面，动作之快，直令人匪夷所思。

这下就算是外行也看出了郑荣的手上功夫，一帮日本人叽里呱啦地大呼小叫，赞声不止。而郑荣依然专心致志，情绪并不受半分影响。眼看那漏勺中的残水已然流尽，郑荣探出左手，抓起旁边备着的一只玻璃钵。然后他右手一翻，那漏勺猛然间上下调转，兜着一群活虾直向这玻璃钵的口部扣了下去。只听"啪"地一声轻响，也就是眨眼之间的事儿，一群虾儿已经全部落进了玻璃钵中。

那玻璃钵通体透明，透过钵壁可以清楚地看到里面的虾儿仍在蹦跳不停。只是这回钵口倒扣着一只大漏勺，虾儿们的活动空间便被限制在了钵体之内。

郑荣腾出双手，又抓过一瓶绍兴黄酒，揭了瓶盖之后，将瓶口悬倾在漏勺上方，任酒水汩汩而下。酒水渗过漏勺上的孔眼，淋漓浇进玻璃钵中，很快便在钵底越积越多，渐渐漫过了群虾。

虾儿为酒水所呛，开始时蹦得愈发激烈。但酒精渗入虾壳之后，麻痹了肌肉神经，虾儿也就慢慢地醉倒了。郑荣时刻关注着虾儿的活性，眼见着那些虾越蹦越低，已无法触及到漏勺的高度，这时他便撤了漏勺，从手边抓些葱白撒下，随后又往钵里调了些酱油精盐。做完这一切之后，他将玻璃钵往榻榻米中间一推，淡淡说道："大功告成，请诸位抓紧品尝。这酒劲若再渗入几分，虾肉发紧，可就不好吃了。"

眼见那玻璃钵中，只只虾儿晶莹剔透，虽已醉态可掬，但仍张牙舞爪地不甘示弱。那些日本人本就有生食水产的习惯，面对这样一钵新鲜活虾早已馋涎欲滴。当下便有人抓起筷子，急吼吼探入玻璃钵中意图夹食。

小野忽然伸手一拦，阻止了同伴的行动。他斜眼看着郑荣说道："郑先生辛苦了，这虾得让你先吃啊。"

郑荣当然明白小野的用心，他坦然一笑，取筷子夹起一只虾儿，大大方方地送入口中，然后他闭上眼睛，唇齿轻动了片刻，脸色欣悦陶醉。

众人看着郑荣，口舌间竟忍不住有津液流出。他们虽然还没品尝到虾儿的滋味，但那种美妙的感觉已经弥漫在空中，无可阻挡。

片刻后，郑荣睁开双眼，他把筷子复探到唇边，齿舌轻翻，却把那只虾儿又完完整整地吐了出来。只见那虾足须俱在，竟似未损分毫，只是先前的鲜活劲儿已消失殆尽，此刻只静静地躺着，似已彻底醉倒。

小野紧皱起眉头，目光直逼向郑荣问道："郑先生，这虾你怎么不吃了？"

郑荣把那只虾放进自己面前的餐碟，不慌不忙地说道："虾肉已经被我吃完，我只是把虾壳吐了出来。"

小野一愣，凝目看向那虾。新鲜的虾壳清净透明，仔细一端详，壳内果然空荡荡一片，虾肉早已消失无踪。

郑荣这时伸手冲那玻璃钵一指，款款说道："这道菜叫做醉虾，精选鲜活肥美的河虾，用上好的绍兴黄酒腌至半醉，滋味的鲜美就不必多说了。更有意思的是，从品尝这道菜的过程中，可以看出一个人的品格。"

"哦？"小野饶有兴趣地转了转他的小眼睛，"怎么看？请郑先生指点。"

郑荣进一步解释说："扬州城里的文人雅士吃醉虾的时候，会留意每个人吐出来的虾壳。如果虾壳完整，看不出牙齿的痕迹，那代表这个人细致高雅，可称为君子；如果虾壳狼藉一堆，那就是粗鲁的小人了。"

"原来如此。"小野恍然大悟，随即他转过头去，将这番说法用日语向自己的朋友们解释了一遍。

一帮日本人听到这种说法，更是兴致大起。当下便叽里呱啦地一边议论，一边各自夹起虾儿尝试。小野亲眼看见郑荣已吃下一只醉虾，于是对同伴也不再阻拦。

一众人将醉虾送入口中，唇齿齐上，牙舌交加，折腾一番之后，再把虾壳吐出来时，却是一片凌乱。虾壳破碎残缺不说，壳里还夹杂着未尽的虾肉，稀烂一团，不堪入目。

众人又是一通聒噪，有的沮丧自怨，有的则相互取笑。片刻后，大家渐渐把目光都集中在小野身上，有人道："小野君，就看你的啦。"

小野平日里自命风雅，当然不愿背上粗鄙小人的名声。在众人的关注下，他最后夹起一只醉虾，非常认真地送入了唇齿之间。闭目一品，首先有一股清冽的酒香沁满双颊，而虾儿被压在舌尖时，兀自能感受到其肌肉的轻微跳动。

小野用牙齿找到虾儿的腹部，轻轻一咬，虾壳向两边分开，细嫩的虾肉随之溢出。顿时有种别样的鲜甜感觉浸入舌间，口感则是柔滑一片，妙不可言。

在如此美味的刺激下，小野有些控制不住自己的唇齿，那挤压的力道越来越大，恨不能将所有的虾肉全都铺陈在舌间味蕾。那柔脆的虾壳自然经受不住这般蹂躏，终于破碎开来。

小野面色一滞，知道自己也即将步入"粗鲁小人"之徒，不过他应变倒快，眼珠骨碌碌一转，已计上心来。拿定这主意之后，他干脆无所顾忌地一通大嚼，把整只醉虾连壳带肉全都吞进了肚里，然后用日语大咧咧说道："虾肉既然都被吃了，吐出完整的虾壳难道就算是君子吗？我看只不过是伪君子！倒不如连虾壳一块吃了，坦坦荡荡，也不辜负上天赐给我们的美味。"

客人们一阵嬉笑，有人说："小野君真是会取巧。"也有人说："我倒觉得小野君的话很有道理呢。"更有人道："管他什么君子不君子，这么好吃的料理，大家还是尽情享受吧！"

最后那人的话倒得到了大家的一致赞同，于是众人纷纷举筷，左一只，右一只，不多时便把一钵子的醉虾分食得干干净净。郑荣也在旁边陪着吃了几只，不管日本人把虾儿嚼成啥样，他吐出的虾壳总是完好如初，码在餐碟里整整齐齐的，几可以壳乱真。

虾儿吃完了，日本人尚意犹未尽。就连小野也忍不住说道："郑先生，以后我们再聚会，还要请你来料理这道醉虾！"

郑荣点头应允，但他心中却清楚得很：对在座的这些日本浪人来说，已经不会再有下一次聚会了。

父亲生前的故交从云南带来了致命的蛊虫，这些蛊虫保存不用时，干若细小的粉末。郑荣今天出发之前，将这些蛊虫藏于右手的指甲缝中。借着伸手"赶虾"的机会，蛊虫从指甲缝中溶出，进入了养虾的大瓷盆。

蛊虫遇水而活，但形态仍非常细小，肉眼几不可辨。而河虾恰以水中的微生物为食，于是便开始追逐捕食这些蛊虫。其间郑荣佯作"赶虾"，令小野丝毫看不出虾群的异动。

蛊虫被河虾捕食之后，首先进入虾的胃囊。这胃囊的位置在虾的头部，胃囊后连着的虾肠则深埋在虾肉里。所以控制虾儿捕食的时间尤为重要，既要保证蛊虫进入胃囊，又要限制其尚未侵入虾肠。根据郑荣对河虾习性的了解，这段时间控制在十分钟最为适宜。

此后便可将虾群捞起，制作醉虾。蛊虫遇酒则化。所以当绍兴黄酒淹没虾群之后，虾体表面附着的蛊虫就消亡殆尽，只剩下一部分蛊虫仍存活在虾儿的胃囊当中。

郑荣自己吃虾的时候，只是分离出了细嫩的虾肉，而虾壳虾头全都保持完整，虾头里的胃囊自然也不会损坏，蛊虫也就不会侵入他的口腔。而这般吃虾的功夫又岂是一两次就能练成的？那帮日本人既舍不得口中美味，又不谙食虾的技巧，东施效颦的结果必然会将虾壳嚼得乱七八糟，胃囊既破，蛊虫便出。而那蛊虫只要入了人口，从此孳生繁育，再也不受控制。受蛊者最多七日便会一命呜呼。

此刻大事已成，郑荣看着这帮日本人的丑态，脸上却不露任何悲喜。他只是淡淡地向小野告了辞，然后便起身下楼而去。

郑荣独自走到小木楼下，忽然在某处停下了脚步。他似乎看到了什么，转过方向走到了街边。

排水明沟里积攒了许多枯枝腐叶，但一团灰暗之中却有什么东西隐隐发亮。郑荣俯下身去用手轻轻一扒，从中取出一截翠绿的断玉。他分明认得，这正是亡妻手镯上残缺失落的那部分。

郑荣鼻子一酸。他忙深深地吸了口气，不让那泪水滴落下来，然后他转头向着小木楼又看了一眼。

楼上笑声浪语，犹在继续。

郑荣却不再停留，他终把断玉紧握在手中，大踏步昂首而去。

拆烩鲢鱼头

天已入冬，寒意渐浓。在这样的夜晚，如果能和家人聚在一起，每人手捧一碗又鲜又浓的热汤，一边闲扯着家常，一边暖暖地喝着，那份安逸和自在，又有谁能不羡慕呢？

所以，在这个周末的晚上，我带着妻子和上高中的女儿，一同来到了"王记鱼头馆"。

这家百年老店位于扬州城的中心地带。在热闹的商业街上折进一条小巷，两三个弯一转，便把那片现代市井的喧嚣全都抛在了身后。幽幽的古巷尽头，馆子亮着一团暖红色的灯光，隐隐可见热腾腾的雾气正从门窗隙缝处氲散出来，倏忽间便被湮没在室外的冷风中。

当你身处寒夜，远远地看见这一幕，还能有别的想法吗？只会大踏步地走过去，一头扎进那小店中，找个亮堂的桌面坐定了，然后扯起嗓子叫一声："老板，先给上一份拆烩鲢鱼头！"

鲢鱼头，自古便是淮扬菜系中的传统美味，享有盛名的"三头宴"，鲢鱼头便是其中之一。唐末郑璧曾有诗云："扬州好，佳宴有三头，蟹脂膏丰斩肉美，镬中清炖鲢鱼头，天味人间有。"郑板桥亦曾留下过"夜半酤酒江月下，美人纤手炙鱼头"的诗句。

在扬州城所有的鱼头馆中，王记不一定是最大最好的，但却绝对是最有名的。它的名气很大程度上来源于小店门厅中悬挂的那张牌匾。

匾上是清康熙帝御笔亲题的五个大字：拆烩鲢鱼头。字迹雄劲挺拔，极具帝王之相。只那个"拆"字构架独特，字中的那个点又圆又大，而且特意用赤红色的朱砂写成，在诸多笔画中，显得尤为夺目。

关于这块匾，据说还有个很传奇的故事，只是年代久远，知道的人已不多了。偶有好事者向老板询问，对方却只是摇摇头，微笑着说："一点家事，不足为外人道。"

于是这家小店就愈显出几分神秘的感觉，吸引了大批的食客，一年到头，往来不绝。

王老板年近半百，是个话语不多的瘦小男子。我和他也有过几面之缘，见我来到店中，他便冲我点了点头，算是打了招呼。

我们在靠近前台的地方找了张小圆桌坐下，点了些许菜肴。那鱼头都是早已上了炉子的。没过多久，便有服务员将一只硕大的瓷钵端了上来。只见瓷钵中一片乳白浓稠的汤汁，余沸未歇，尚在汩汩地泛着气泡，鲜香的气味也随之四下飘散。一只硕大的鱼头卧于汤汁中，那鱼头足有三十公分长，被一劈两半，但中部的皮肉仍然相连。鱼头周围隐隐有碧波轻翻，仔细看时，原来是鲜嫩的菜心。

"来，大家开吃吧。"都是一家人，无须多说客套的话语，我挥了挥手，"这烩鱼头的浓汤最是鲜美，要趁热喝才好。"

"嗯，我来给大家服务。"女儿拿起汤勺，盛起一碗汤来，放在了妻子面前，"妈妈，您先来。"

"乖女儿。"妻子乐呵呵的，眼睛笑成了一条缝。

女儿又给我盛了汤，最后才轮到她自己。我在欣慰之余，眼角偶然一瞥，却看见王老板正站在柜台后，饶有兴趣地看着我们一家，目光中颇多赞许之意。

我冲他微微一笑，然后端起那碗汤，轻轻地抿了一口，一种美妙的感觉立时从我的舌间泛遍了全身，那汤汁不仅极香极鲜，而且浓厚无比，以至于口唇接触汤汁之后，竟有微微有些发黏，互相间轻轻一碰，几乎便要粘在一起了。

我轻轻咂了咂舌头，赞道："棒骨底汤，双髓相融，这种口感，用'绝妙'两个字形容毫不为过。"

"爸。"女儿睁大眼睛好奇地看着我,"您说的话,前半句是什么意思呀?"

"烩制鱼头的时候,用的可不是普通的白水,而是上好的鲜汤,这种汤俗称底汤。一般来说,大多数人都会选用鸡汤为底,不过这份鱼头,选用的底汤却是用猪棒骨熬成的,因为棒骨中富含骨髓,所以这骨头汤本身就已经十分浓稠,再加入鱼头烩制,大量的胶蛋白又融于汤中,这才使得最后的汤汁如此浓厚。不仅滋味极美,而且即使在寒冷的冬夜,也能长时间地保持温度,不会很快便凉了。"我向女儿耐心地解释道,这孩子受我的影响,对于美食方面的知识总是很有兴趣。

"哦,原来是这样。"女儿也注意到毛老板正在看着我们,她冲对方调皮地眨眨眼睛,"老板,你们的手艺很不错呀。"

"这道菜不仅滋味鲜美,而且营养丰富。"王老板笑着说,"尤其是这鱼头中的眼膏,具有养颜美容的奇效,小姑娘,你不妨尝尝看。"

女儿欣然点头。拿起一个小勺,轻轻从鱼头的眼窝部位探了进去。那里看起来极为柔软,一触即陷,小勺立刻没入其中。再抬起时，勺中已盛满了胶状的物质，那胶质又白又嫩，呈半透明状，宛若凝脂，尚在微微颤动着。

"这就是眼膏吗？"女儿问道。

"不错。"王老板点点头，"这鱼头虽大，眼膏却只有小小的一勺，不是人人都有口福尝到的呢。

"是吗？"女儿歪头略想了会，"那就给妈妈吃吧。"

妻子摇摇头："好孩子，还是你吃吧。"

"不，你吃，老板说了，养颜美容的呢。"女儿撒娇般地一手搂住妻子的脖子，一手将那小勺伸到了妻子嘴边，妻子推脱不过，只好笑着用口接了，那团凝脂到了唇齿之中，未及咀嚼，只是轻触了一下，便立刻柔柔地化开，浓郁的鲜香随即泛遍了口舌间的每个角落，久久不散。

在王老板的指点下，女儿又把有着补肾强体的作用的鱼唇夹给了我。与眼膏的细嫩不同，这鱼唇却是既脆又韧，颇有嚼头。且悠绕反复，鲜香的滋味越嚼越浓，几乎令人舍不得下咽。

伴着这温馨的气氛，一份鲢鱼头很快便被我们吃完了，正在意犹未尽之时，却见王老板踱到了我们桌边，客气地说道："滋味如何？不如再加一份，算是小店送的吧。"

我微微一愣:"啊?……这么怎么好意思呢?"

老板笑了:"你们得庆幸有个这么乖巧孝顺的女儿。本店的'拆烩鲢鱼头',在诸位的口中,才算是品出了真味。"

"哦?怎么讲?"我挑了挑眉毛,不太明白老板的意思。

老板没有直接回答,他拉过一张椅子,在我们桌边坐下,悠然说道:"我已经好多年没有为客人亲自打理鱼头了,今天就破例一把。趁着这个时间,我还可以给你们讲个故事,关于康熙爷手书牌匾的故事,你们有没有兴趣听呢?"

我心中大喜,对于一个以美食家自居的人来说,这可是一桩求之不得的际遇呀。我女儿更是开心地拍起了巴掌:"那太好啦,叔叔快些讲吧,我们一定洗耳恭听。"

王老板招招手,叫来了一个伙计,在他耳边轻声低语了几句。伙计点头离去,不一会儿,端回来一只水盆,放在王老板面前的方凳上。那水盆中盛满了清水,水中浸泡着一只大鱼头。鱼腮部位尚在微微地张合着,显然是刚刚宰杀,鲜活无比的原料。

王老板卷起衣袖,把手伸进了水盆中,他闭上眼睛,在鱼头的表面轻轻地抚摩着,腮、眼、唇……依次而过,动作缓慢而细致,就像一个武林高手在决战前抚摩自己心爱的长剑一样。

片刻之后，他睁开眼睛看着身旁的伙计："四年期的雄鲢，头重二斤八两，我说的对吗？"

"一点都不错。"伙计恭恭敬敬地回答，"即便是菜头老陈，也未必能有您说得准确呢。"

"那就好，这功夫还没荒废。"王老板欣慰地笑了笑，然后他从伙计手中接过一柄锃亮的精钢菜刀，平平地没入水中，在鱼头下方找准位置，手腕发力，横劈了进去。当刀身全部没入鱼头之后，他取走菜刀，两手轻轻一掰，鱼头向是蝴蝶展开翅膀一样，在水中分成了两片，但中间却又没有完全断开。

王老板左手托着鱼头，右手则探到了水下，嗟叹着说到："拆烩鲢鱼头，几百年来，厨子们都在'烩'这个字上做足了功课，又有几个人能知道，这道菜真正的精义，却在与一个'拆'字。"

说话间，他抬起头来，看向了门厅上悬挂着的那块牌匾，他的目光迷离，思绪远飘，似已进入了另外一个时空中。我们一家人坐在一旁，开始静静地听他讲述。

"说到这块匾，那是三百多年前的事情了……我的先祖擅做鱼头，在扬州城里开了个馆子。人人都知道他的鱼头做得好，好到什么程度呢？大家后来已忘记了他的本名，都以'王鱼头'三个字来称呼他。王鱼头早年丧父,是母亲辛苦将其拉扯大的。他与母亲的感情非常好,是个大大的孝子。"说到这里,王老板看了我女儿一眼,联想到女儿此前的表现,我心中一动,意识到下面将要出现的故事,多半都与王鱼头的"孝"有关。

果然,王老板继续说道:"有一年的冬天,气温非常低。王鱼头的母亲不幸得了寒疾,卧床不起。王鱼头请来全城最好的大夫进行医治,但老人家年岁已高,病情总是不见起色。王鱼头焦急万分,店里的生意也顾不上打理,整天陪伴在母亲床边。他眼睁睁地看着母亲的身体一天天地虚弱下去,随时都会有性命之危。"

王老板嘴上说着,右手的动作也丝毫不停,只是他的手伸在水下,被展开的鱼头所覆盖,我们都看不见他在做什么,只能专心地听他的故事。

"就在王鱼头心急如焚的时候,扬州的地方官突然找到了他,让他立刻进行官伺候康熙爷。原来这些天康熙爷恰巧来到扬州视察河务,地方官便推荐了王鱼头去负责打理康熙的夜宵。"

"这可奇怪了。"听到这里,我经不住摇了摇头,"康熙出巡,必然带着御厨,即便要尝尝淮扬菜,肯定也是找那些大酒楼的知名厨子,怎么会想到一个专做鱼头的野民呢?"

"问得好——这就得说是机缘巧合了。"王老板解释说,"原来广东巡抚得知康熙爷冒着风寒在各地巡视河务,特地从南洋之地觅得一批血鲢,作为供品送到了扬州的行宫中。"

"血鲢?"女儿听到这个奇怪的名字,忍不住开口问道,"那是什么东西?"

"也是鲢鱼的一种,产在极热之地。它的通体赤红,如同遍染着鲜血一样。这种鱼有着驱寒强体的奇效,因此极为名贵。"

关于血鲢,我以前也曾听过,但那都是在传说之中。这种鱼即使真的有过,现在只怕也绝迹了吧?

不过既然供品中出现了血鲢,那么地方官找到王鱼头倒是不奇怪了。我沉吟着说道:"鲢鱼吃头,青鱼吃尾,鸭子吃大腿。这句俗语自古有之,有了血鲢自然就要做鱼头菜肴,在这方面,你们王家是扬州城的一绝,没想到会因此而受到康熙爷的青睐。"

王老板点了点头,继续往下讲述:"如果在平时,这伺候康熙爷会是一件难得的荣耀,可对于当时的王鱼头来说,这份差使却又多了分其它的意味。要知道,这血鲢可是驱寒的极品,如果用来治疗母亲的寒疾,那就再合适不过了。"

"啊,那不是正好吗?"女儿拍起了手,"赶紧请求康熙爷,赐几条血鲢给母亲治病呀！"

王老板淡淡一笑，摇了摇头："小姑娘，你的想法也未免太简单了。"

"为什么啊？"女儿眨着大眼睛，求助似地看着我。

"那血鲢是奉给皇上的供品，普通草民怎么能有资格分享？"我耐心地解释道，"而且，王鱼头根本连见康熙的机会也没有，他这么越礼的想法，即使有胆量提出来，也没人敢帮他往上传报啊！"

女儿用手托着腮，想了一小会，又说："干脆也不用禀报了。就趁着做菜的机会，每天偷偷地带上一条回家！"

"谈何容易啊。"王老板长叹一声，"这供品都是严格计数的。而且给皇上做饭可不是儿戏，全程都有大内侍卫严密盯防。偷偷地带上一条回家……谁能有这个本事？"

"那怎么办呢？"女儿苦着脸，做出一筹莫展的表情。

王老板话锋一转，又回到了故事本身："王鱼头每天到行宫中，为康熙爷烹制血鲢的鱼头。康熙爷非常勤政，往往工作到深夜，在饥寒之时，便会命人盛来烩鱼头，暖烘烘地喝上一两碗。鱼头经过长时间的烩制，胶肉松散脱落，精华全都溶在了汤中，锅里往往只剩下一副空空的鱼头骨架。这种鲜汤的浓美，滋味可想而知。"

这番话又勾起了我们的馋虫。我忍不住添了添嘴唇，目光向着水盆中的那只鱼头瞥了过去。王老板的右手仍在鱼头下摸索着，似乎要认真清理每一个角落。他注意到我的目光，笑着说："请稍安勿燥。等我把故事讲完，这鱼头也该打理好了——我刚才讲到哪儿了？对，王鱼头为康熙爷烹制夜宵，这样过了有七八天，某天晚上，康熙爷略得清闲，心情又好，便突然想要召见一下这个做鱼头的厨子，于是王鱼头终于有了面见康熙的机会。"

大家都知道故事将到高潮，全都精神一振，更加专注地倾听。

"那个深夜，王鱼头跪在康熙的龙案前，听着康熙爷对其烹饪技艺的赞赏，可他的身体却始终在瑟瑟发抖。康熙爷看着有些奇怪，便询问他为何如此，他颤着声音敷衍：是因为天气太冷了。康熙爷听了，哈哈大笑了两声，说：是朕疏忽了，自己喝着驱寒的血鲢汤，却把做汤人的疾苦忘在了脑后，来人哪，给他也盛一碗汤，让他暖暖身体。"

说到这里，王老板似乎完成了清理鱼头的工作，他把两片鱼头在水中重新合好，然后做了个手势，一旁的小伙计立刻端来了一只瓷钵，王老板将那鱼头慢慢放进了瓷钵中。

却听女儿高兴地说道："康熙爷是个很好的人哪。王鱼头如果就势请求赏赐血鲢给母亲治病,康熙一定会答应的吧?"

大家也是同样的想法,桌上所有人的目光此时都看向了王老板,等待他的回答。

王老板嘿嘿一笑,说:"王鱼头喝着皇上亲赐的鱼头汤,一时间百感交集,他终于控制不住心中的愧疚,放下汤碗,伏在地上哭着说道:康熙爷,您仁慈宽宏,勤政爱民,小人却在每晚偷偷克扣您食用的鱼头,实在是罪该万死!"

"什么?他已经偷了鱼头?"我惊讶地张大了嘴,"这……几乎不可能啊,他是怎么做到的?"

王老板让伙计把刚才的瓷钵端到我们面前:"你们看看,这瓷钵里面的鱼头有没有问题?"

我摇了摇头,看不出有什么蹊跷。

王老板笑了笑,吩咐伙计:"翻过来。"

伙计依言,将钵中的鱼头翻了个身,这下我们禁不住全都瞪大了眼睛。只见那鱼头的背面,竟只剩下整整齐齐,干干净净的半副头骨,所有的皮肉已然不知去向!

王老板右手一抖,如变戏法一般,一块软耷耷的物事从他的衣袖中滑落了出来,正是那失踪的半拉鱼头肉,其形状仍然保持完整，只是已全无骨骼的支撑。

"现在你们明白了吧？"他双目闪动着问道。

"这是怎么回事？"女儿满脸迷惑，"您什么时候把这半边鱼肉从头骨上扒下来的？而且还扒得这么好，一点没有破损？"

"不是把鱼肉从头骨上扒下，而是将鱼骨从皮肉上拆除。"王老板纠正说，"刚才我右手藏在鱼头下，就是在做这件事情。一共是三十六块小骨头，一块块地拆除，再一块块地拼接复制好，在我手法最娴熟的时候，完成这项工作，只需要三分钟。"

我恍然大悟："这么说，你重新把鱼头合上的时候，鱼头实际上已是骨肉分离的状态。趁着将鱼头放入瓷钵的机会，你把下半部分的皮肉扯了下来，藏在了衣袖中。"

"不错，这正是王鱼头当年所用的手法。所以他给康熙做的血鲢鱼头汤，虽然头骨俱全，但是散在汤中的皮肉，其实却只有半份，另半份皮肉，被他带回家中，治好了母亲的寒疾。"

"太神奇了！"女儿讶然惊叹道，"我以前学过庖丁解牛，可是和这不用目视，单手拆拼鱼骨的技艺比起来，那真是小巫见大巫呢。"

王老板淡淡一笑："若非如此，又怎能瞒过大内侍卫的眼睛。

康熙爷当年知道了其中的原委，对这种盖世的技艺也是惊叹不已，再加上王鱼头又是出于一片孝心，康熙爷非但没有追究他的欺君之罪，反而御笔亲题，赐了这块牌匾。"

随着他的这番话，我们又把目光投向"拆烩鲢鱼头"那五个苍劲的大字上。

"现在我才明白，为什么说这道菜的精义，全在一个'拆'字上。"我感慨地说道。

"这句话也不尽然。你们看看那个'拆'，中间的一点像不像是一颗红心？整个字形就像是一个人手捧着红心一样。所以说，这道菜更深一层的涵义，却是一个'心'字，孝心。"王老板一边说，一边笑吟吟地看着我的女儿，然后他转过头，对那伙计说道，"好了，我们该到后厨去了，但愿我这调味烹饪的手艺，也没有荒废才好！"

三吃三套鸭

农历三月,古城扬州最美丽的时分。柳枝妙曼,百花争芳,空气中的每个角落似乎都溢满了如烟如雾的春色。

一年一度的"烟花节"如期开幕,四海宾客纷杳而至,共同沉醉在这片人间胜境中。

美食、美景、美女。这是千百年来扬州城最迷人的三大主题。

而我,从来都把美食排在这"三美"中的第一位。

我以美食家自居。不夸张地说,扬州大大小小上千家酒楼饭店,几乎都留下过我的足迹。我去城里任何地方吃饭,从不看菜单,因为他们什么菜是特色,什么菜最拿手,我都了如指掌,用朋友们的话说,我已经吃成了"精"!

所以,我一度认为,扬州已没有我未曾尝过的美味,也没有能在阅历上胜过我的食客。渐渐地,我有了一种高处不胜寒的感觉,口味也越来越刁。我对美食的期待,已经很久没有得到满足了。

幸好,今年有了"淮扬珍味席"。

这是扬州饮食界攒数年之力筹办的一次盛事,邀请了扬州城最著名的三十家酒楼参加。每家根据自己的所长，专门打理宴席中的一味菜肴，最后凑成三十道菜的大席，供食客们品评。

每家酒楼竭尽全力，却仅制作一道菜肴，这"珍味席"的品质可想而知。扬州的食客们得知这个消息，无不食指大动，馋涎欲滴。不过最终能应邀入席的仅有十六人，我有幸成为其中之一。

宴席在扬州名气最大的"一笑天"酒楼内进行。那天傍晚，我早早便来到了会场，同席的自然都是扬州饮食界的显赫人士。位于主座的，正是"一笑天"酒楼的老板徐叔。在他身边，位于客座首位的一个老者，我却并不认识。

这老者少说也有七十多岁了，白发长须，清癯消瘦。桌上的其他人都在客气地相互寒暄招呼，唯独他气定神闲，眯着眼睛细品手中的一杯绿茶。看起来，他与众人都不太熟悉。

宾客到齐之后，徐叔指着老者向大家介绍说："这位周老师，是当年王全宝的关门弟子。"

只是简简单单的一句话，却足以让在场的人大吃一惊。王全宝是解放前后扬州厨界传奇性的人物，号称扬州现代厨艺的开山鼻祖。厨界传艺一般十年一辈，照这么算起来，如今在扬州叱咤风云的这帮厨师都得管这个姓周的老者叫太师爷！

老者却只是淡然一笑:"我都几十年没在厨界走动了,这些虚名,还提它干什么,还是赶紧开席,让大家一饱口福吧。"

宴席正式开始。一道道佳肴美味无穷,自然不必多说。这压轴的大菜,正是"一笑天"酒楼赖以成名的招牌:"三套鸭"!

早在清代中叶,淮扬厨师从李渔《闲情偶寄》中的"驻禽贵幼而鸭贵长,雄鸭功效比参茸"一句中获得启发,采用物性截然不同的一鸽两鸭为原料,用乳鸽外套野鸭,外面再套家鸭,同锅煨制,一汤多味,成为传世名菜。

要想在扬州吃到最好的"三套鸭",百年来,除了"一笑天"酒楼,不作第二家想!

上桌的"三套鸭"盛在一只细瓷大盆中。盆里汤色纯美微绿,恰似一汪春水,套好的三禽端坐水中,三头相叠,六目紧阖,神态亲昵安详,看起来倒像正在熟睡一般。

徐叔作为东道主,此前一直在热情地招呼大家用餐。现在他却变得神情严肃,甚至有些紧张。只见他把瓷盆首先转到了老者面前,小心翼翼地说了声:"周老师,您看看?"

老者本来始终是眯着双眼,神情悠然。此刻他点点头,突然翻开眼皮。顿时,两道精亮的光芒射了出来,直直地盯在了那只瓷盆中。不过只是短短的一瞬，他的目光便收了回去，又成了一副怡然无欲的模样。

"好。请诸位尝尝吧。"老者淡淡地说了一句。

徐叔眼中明显闪过一丝失望的神情，他把瓷盆转开，招呼别人说："来，大家请用这道'三套鸭'。"

"三套鸭"，三禽合食，鲜中加鲜。这家鸭肉肥，野鸭肉瘦，乳鸽细嫩，自是不用多言。而作为炖菜，这滋味全在一锅汤中，我用小勺舀起一匙清汤，嘬入口中，细细地咂咪了片刻，只感觉鲜香饶舌，回味无穷，竟把先前那些佳肴的美味全都比了下去。

其他人品尝了这样的佳作之后，也都是赞不绝口。唯有那名老者，却始终没有吃一块肉，喝一口汤，在他眼中，这道难得的美味竟似不存在一样。

听着众人的称赞，徐叔却打不起精神。他看着老者，黯然说道："周老师，今天让您失望了。"

老者微微一笑："没关系，都这么多年了。我今天来，原本就没指望能吃上真正的'三套鸭'。"

这话一出，在座的众人无不失色。难道这味美绝伦的菜肴，竟然入不了这位老先生的法眼？

我第一个忍耐不住，问道："您老的意思是？这道菜做的尚有缺陷？"

"岂止是有缺陷？它根本就不能算是'三套鸭'！"老者眼中的精光又闪动了一下。

"那怎么可能？"我难以理解地摇着头，"我在扬州饮食界也混了十多年了，'三套鸭'是我最钟爱的菜肴之一，我敢说，这是我十多年来品尝过的味道最好的'三套鸭'了。"

"那好。"老者笑吟吟地看着我，"你在这汤中，尝到了几种鲜味？"

"当然是三种！家鸭的肥美、野鸭的香酥和乳鸽的鲜嫩融于一锅，妙不可言！"我不假思索地回答。

老者不慌不忙地捋着胡子："我再问你，这道'三套鸭'在上锅炖制之前，把三禽层层相套，究竟是为了什么目的？"

我蓦地一愣，竟一时语塞。既然叫做"三套鸭"，那把三禽相套似乎是天经地义的事情，而究竟为什么要相套，我却真的从来没有想过。现在老者突然抛出这个问题，难道其中藏有深意？

老者见我答不上来，又说："如果要融三种美味于一锅，把乳鸽、野鸭、家鸭拆开烩制不就行了？又何必先穷思竭技，把三禽层层相套呢？岂不是多此一举吗？"

这下不仅是我，其他人也全都放下了筷子，埋头沉思。徐叔额头上更是沁出了细细的一层汗珠，口中喃喃地自语："为什么要三禽相套？为什么要三禽相套？"

老者端起桌上的茶杯，轻轻咂了一口，然后说道："你们有没有听说过赵雪锋这个名字？"

"我知道！"徐叔抢先回答，"新中国在世界上赢得的第一块国际烹饪大赛金奖，就是他的手笔！"

虽然已经事隔久远，但经徐叔这么一说，众人也都想起确实有这么一个人、这么一档子事，纷纷点头议论起来。

"赵雪锋？那可是传说中的人物，在五六十年代的时候，号称扬州的第一名厨呢。"

"后来听说在'文革'期间去世了，许多菜肴的做法从此失传，真实令人痛心！"

"对了，他得国际金奖的时候，做的那道菜，似乎就是'三套鸭'？"

"不错。"老者听到这里，眉尖一挑，陡然睁开了双眼，脸上浮现兴奋的光芒。不过他炯炯的目光却没有看向什么实物，而是带着些迷离，似乎已飘进了另一个时空中。

良久之后，他的目光才收了回来，然后他叹了口气，说道："'金奖三套鸭'的名头，当年传遍了全城。不过这背后的故事，了解的人却不多。唉，今天，我就给你们讲一讲吧，否则再过几年，只怕就没人知道真正的'三套鸭'该是怎么一回事了。"

所有的人都屏息凝神，随着老者的讲述，一同走入了当年的那段传奇中。

"快有五十年了吧？想当初我还是个小伙子，嘿嘿，现在想想，那时的我，真是什么都不懂呢。

"当时在扬州厨界，名气最大的是我的师父王全宝。那次国际大赛让赵雪锋去参加，就是由我师父举荐的。

"赵雪锋那会也就是个刚刚崭露头角的年轻人。比赛前夕，他特地邀请师父到他家中，对他即将用于参赛的菜肴'三套鸭'进行评点。

"师父欣然答应，并且又叫上了两位饮食界的前辈一同前往，我刚刚拜了师，作为跟班也去了。后来我才意识到，这简直是三辈子也修不来的福分。

"第一次见到赵雪锋的时候，我并没有觉得他有什么特别的地方。他大约也就二十七八岁的年纪,中等体态,不善言辞,面对几位前辈时,目光中似乎还带着些忐忑和羞涩。

"我们坐定后,赵雪锋把打理好的'三套鸭'恭恭敬敬地端了上来。那盆汤色泽碧绿,但又清澈见底,看不到一点杂质。徐老板,我说句不好听的,可比今天你上的这份要强多了。这个不用尝,我用眼睛一看便可知道分别。"

徐老板尴尬地笑笑:"那当然,前辈大师的手笔,我们怎么比得了。"

"赵雪锋随即便退出了屋,留时间给我们品尝讨论。喝第一口汤时的那种感觉,唉,永生难忘,永生难忘啊。"老者一边说,一边摇着头,神情感慨之极。

"那是一种什么感觉?"我居然很没出息地干咽了一口唾沫。

"只觉得一股奇香奇鲜从舌尖弥漫开来,只一瞬间,就渗遍了周身的每一处毛孔!整个人感觉要酥倒了一样!"

众人瞪大眼睛,想象着那种意境,无不心驰神往。

"我师父连喝了七八口汤,这才放下汤勺,赞叹着说:'后生可畏啊,这个金奖,我看是跑不了了。'那两个前辈也是连声附和。随即,我师父吩咐我去把赵雪锋叫进来。

"我当时年轻,沉不住气,在路上就把师父等人的表现告诉了对方。赵雪锋满心欢喜,来到屋内,见到的却是三人愁眉紧锁的情景。

"'你这道菜,存在着大大的不足。'我师父首先发难。

"我一下子愣住了,赵雪锋更是毫无心理准备,半晌后,才怯怯地问:'哪里出了问题?'

"我师父说道:'你这一盆汤融合了三种禽类的鲜味,这就是最大的不足。我问你,为什么要把这三种禽类套在一起?'

"赵雪锋听到这个问题,就象你们今天一样,不知该如何回答。

"我师父笑了笑,说:'古书中关于三套鸭是这样描述的:举箸自外而内,美味层出。何谓层出?你明白了吗?'"

听老者说到这里,我心中怦然一动,脱口而出:"我明白了,这三种禽类的鲜味应该互不融合,最外面的汤是家鸭的鲜味,中间的汤是野鸭的鲜味,最内层才是鸽子的鲜味,这样每吃一层,味道就有变化,这才是'美味层出'的意境。"

老者看着我微笑点头,以示赞许。

众人恍然,唯独徐叔喃喃自语:"一锅炖出,鲜味又要分层,互不相融。这样的火候谁能掌握得了?不可能,不可能的……"

老者看看徐叔："你觉得不可能，只是你技艺不精而已。不过这也不能怪你，当年同来的那两个前辈也觉得我师父有些强人所难。回去的路上，他们提出了自己的想法，我师父沉吟片刻，说道：'这个赵雪锋性格内敛，但骨子里却是极为骄傲、韧性十足的人，这样的人，最能够成就大事。你们等着吧，他必然会有所突破'。

"三天后，我们再次受邀来到赵雪锋家中。这次他看起来老成了很多，举手投足间已无怯意，目光中也多了分自信。开始我还诧异他的变化，可当我尝到他的第二份'三套鸭'时，才明白这种变化完全源自于其烹饪技艺的飞跃。他已经达到了'美味层出'的境界。"

"美味层出……"徐叔连连叹服，"'一笑天'做了几十年的'三套鸭'，这样的神奇的技法却真是从未见过。"

"别说是你了。这样的'三套鸭'当年我师父其实也是第一次尝到。他不住地赞叹：'没想到古书中的传奇记载竟能在今日重现！这样的佳肴，放眼天下，谁能匹敌？'我们四个人你一勺，我一勺，差不多都快把一盆汤喝完了。我师父这才吩咐我去叫赵雪锋进来。

"我兴冲冲地告诉赵雪锋：放心吧，这次保管错不了！可等我们俩回到屋内时，刚才还吃得心滋意美的师父等人却又换上了另一副表情。

"'进步了不少，但仍然不完美啊。'我师父连连摇头，'这样的作品也就自己吃吃，拿到国际上比赛，唉，希望就渺茫得很了……'

"赵雪锋是个心高气傲的人，听师父这么说，脸上红一阵，白一阵的，显得既尴尬又极不服气。

"我有些看不下去了，忍不住帮他辩驳：'师父，你们是怎么回事？第一次就说金奖跑不了了，现在怎么又渺茫得很？'

"师父板起脸，先来到我面前，对着我的后脑勺重重地打了一下，斥道：'你懂个屁！'然后他又看着赵雪锋，说：'你现在恐怕也不服气吧？我问你，这三套鸭在古书记载中还有一个名字，你知道吗？'"

"七哑汤！"这次徐叔最先反应了过来。

我点点头，不错，"三套鸭"确实有这样一个别名，不过这和菜肴本身有什么关系呢？要解开这个疑惑，我只有侧过耳朵，听老者继续往下讲。

"当时赵雪锋也立刻回答出了这个问题。我师父又问:'那这"七咂汤"的"七"字是什么意思呢?'

"'应该是指这道汤鲜香叠复,余味无穷。饮者往往意犹未尽,咂香多次。'赵雪锋回答说。

"师父摇摇头:'按照您的解释,这"七"是虚意,用来表示次数很多。可按照古人的习俗,数字上的虚词,少者用"三",多者用"九",这里为什么偏偏要用"七"呢?'"

说到这里,老者特意停了下来,似乎在留时间让我们也思考思考。众人低头皱眉,却没有任何头绪。

老者得意地笑了笑:"当时赵雪锋回答不出,于是我师父又说:'这"七咂汤"的"七"字,并非虚数,所谓"咂香七次",指的是在这道汤中,能够品出七种滋味。'"

桌上众人顿时哗然,议论纷纷。我更是大声说出了心中的困惑:"只有三种原料,怎么会品出七种滋味?这怎么可能呢?"

老者气定神闲地品了一口茶,这才接着说道:"赵雪锋当时也非常纳闷。却见师父负起手缓缓踱步,边走边数:'家鸭单独是一味,野鸭单独是一味,乳鸽单独是一味,家鸭野鸭两两相融是一味,家鸭乳鸽两两相融是一味,野鸭乳鸽两两相融是一味,家鸭野鸭乳鸽三者相融又是一味，你算算看，这一共是几味？'"

徐叔听得如梦如痴，张口结舌了片刻，才愕然道："这倒确实……是七味，可这些都是由三种原味变化搭配而成……"

"你说得对。"老者转头看着徐叔，"这'搭配'两个字，正是这道菜的奥妙所在。原料虽然只有三种，但按照不同的搭配方法，却能品出七种不一样的味道来。像贵酒楼这样，一上来就把三种滋味融于一盆，实在是失败中的失败了。"

"不对！这里面有大大的问题。"突然有人想到了什么，质疑道，"有些搭配原理上存在，实际却行不通。比如家鸭在外层，乳鸽在内层，中间隔着野鸭，家鸭乳鸽相融的美味如何能够尝到？"

众人纷纷点头，这话确实有理。外层家鸭的汤和内层乳鸽的汤要融在一起，必然要破坏中间的野鸭层，那野鸭的味道不也进去了吗？单独品尝家鸭和乳鸽相融的美味，这怎么可能呢？

"这个疑问我当时也想到了。"老者应道，"在路上，我就问师父这个问题。你们猜我师父是怎么回答的？"

众人大眼瞪小眼，实在是想不出其中的答案。

老者"哧"地笑了起来："你们绝对猜不出来。我师父说：'什么七种滋味，那都是我临时胡编的。赵雪锋的这道"三套鸭"，已经做到了极致。你这个傻小子,阅历还少,像这样的美味,可遇而不可求,能多吃一次是一次啊!'"

众人全都哑然失笑。

"我就说嘛,怎么能尝出七种滋味来?"徐叔释然道,"不过连王全宝这样的大师都对这道'三套鸭'如此恋恋不舍,足见其美味了。"

老者却又板起了面孔,一本正经地说道:"只可惜这次连我师父都失算了。这个赵雪锋,第三次居然真的做出了能品出七种美味的'三套鸭'!"

刚才还乐呵呵的众人全都张大了嘴,似乎正在听一个比天方夜谭还要神奇的故事!

老者深深地吸了口气,沉默了许久之后,才用一种夹杂着尊敬、向往、怀念、忧伤和愉悦等等诸多复杂情绪的语调讲述这最后的故事。

"我们再一次接到赵雪锋的邀请,已经是半个月之后了。我们来到他家中的时候,惊讶地这个原本青春飞扬的小伙子竟像完全变了一个人似的。短短十几天,他的头顶已出现了白发,竟似过了十多年一般。足见其这段时间心力之苦。但最令人难忘的还是他的双眼,那里面闪烁着逼人的光芒,透出无法言喻的自信和满足。当我和这目光相对时，竟不由自主地产生一种自卑和局促的感觉。

"'请品尝我的这道三套鸭。'他再一次端上了那个瓷盆，这一次，他没有按照惯例退出屋外，而是站在原地，微笑着等待几位前辈的点评。

"他已经不是一个初出茅庐的年轻人了，光凭他的那股气势，便足可称得上是一代宗师。

"仍然是同样的一道菜，仍然是同样的四个人，但气氛却与第一次完全不同，我们已不像是来评点菜肴的考官，倒似来向老师学习烹饪绝技的学生一样。

"不怕你们笑话，我当时都有些懵了，只是怔怔地看着师父。与师父同来的两个人比我也好不了多少，也是一副忐忑的模样。我师父倒仍然能把持得住，他不动声色地拿起勺子，伸手去舀盆里的清汤。

"赵雪锋却伸手拦住了他，微笑着说：'您应该先吃肉。'

"我师父一愣，然后放下汤勺，想去拿筷子。

"赵雪锋却又笑着纠正：'不，您应该用汤勺去吃肉。'

"我们都愣住了，你看看我，我看看你，不明白用汤勺吃肉该是怎么个吃法。

"见我们这副模样,赵雪锋自己拿起了一只汤勺,往静卧在汤盆中的三套鸭上剜了下去。只见汤勺触及之处,禽肉随之凹陷,那肉质的感觉竟柔糯得如同冰淇淋一般。汤勺似乎没有受到任何阻拦,从三层禽肉上一一划过,留下一道滑润的凹槽。

"赵雪锋放下汤勺,用一副大功告成的口吻说:'请随意搭配,品尝这七种美味鲜汤!'

"那三层禽肉在上方皆已剖开,但下部的主体却丝毫不乱,就好像三个层层相套的揭开了盖子的碗,隔开了三份美味的清汤。

"下面的事情就简单了,想尝到什么样的美味,只要拿起汤勺,自由调配即可,这一份'三套鸭',按照排列之数,的确可以尝出七种滋味来!"

所有的人全都瞪大了眼睛,听得如醉如痴。要知道,做"三套鸭"所用的禽类,虽然都用特殊的手法脱去了骨骼,但要把肉质炖到一碰即溶的地步,其耗费的火功可想而知。在这样的火功下,禽体仍能保持完整,丝毫不散,且内外层的鲜汤互不相融,操作者的技法简直是闻所未闻!

"那这道'三套鸭'品尝起来是一种怎样的感觉呢?"半晌

之后，终于有人忍不住询问道。

"吃的时候，你会忘记了一切。天地万物的灵气似乎全都聚集在了自己的舌头上。只要你尝到了第一口，你便根本停不下来。直到那瓷盆底朝天之后，你才能重新回归到现实之中。这个时候，你的心底会有一种深深的……"

老者说到这里，突然停了下来。

众人按捺不住，七嘴八舌地开始猜测。

"喜悦？"

"兴奋？"

"满足？"

老者却摇摇头，沉着嗓音说道："不，恰恰相反，当时我们感觉到的，却是悲伤和失落。就好像你邂逅了一位风姿绝代的美女，虽然她给你留下了最美好的回忆，但现在，她却要从你身边离去，你深知已无法再见到她，只能目送她的背影渐行渐远……"

听着老者的这番描述，众人唏嘘不已。虽然未能身临其境，但那份怅然若失的感觉却沁入了每个人的心头。

只听那老者又接着说道："到了这个分上，我们脸皮再厚，也说不出这道菜的任何缺点了。后来赵雪锋一战成名，成了天下顶尖的名厨,谁再想劳他做一份'三套鸭',已是千难万难。至少我以后就再也没有这个口福了。"

"既然已经知道了这'三套鸭'的奥妙所在,后来人为什么就做不出同样的美味呢?"我有些不甘心地追问。

"奥妙虽然知道,但技法却已经失传。即使日后有天才悟出了赵雪锋所用的技法,可当年鲜活的美禽,当年甘甜的湖水却又消失难觅了。"老者的语气中充满了遗憾,"几十年来,我再也没有吃过一口'三套鸭',生怕那些平凡的菜肴破坏我那段完美的记忆。赵雪锋去世后,我便早早退出了厨界,因为厨界中已没有值得我去期待的东西了。"

最后他淡然一笑,伸手入怀,摸出一张照片来:"这是赵雪锋参加国际比赛时拍摄的照片,我一直带在身边,聊作追忆。"

一片静默中,照片在众人手里传阅着。那是一张已褪色的黑白照片,拍摄的正是一盆做好的"三套鸭",上层的禽肉已被剜开,露出里面清澈的汤水,我情不自禁地吸了吸鼻子,似乎闻到了从半个世纪之前的时空中飘散而至的醉人幽香。

味绝天下

扬州城水润土肥，滋生出丰富的渔农物产；更兼千百年来厨界高手辈出，将那肥美的物产妙手转化为一道道珍馐佳肴。因此扬州城亦被称为美食之都。

每年春暖花开之时在扬州城内都会举办一场烹饪大赛，以决出厨界的执牛耳者。今年的大赛举办得尤其热闹。全城共有一百二十七家酒楼派出参赛高手，而比赛的名目则是要争夺"天下第一味"的殊荣。

大赛整整进行了一周的时间，百年名楼"一笑天"的主人徐叔获得了最终的优胜。他在一笑天酒楼内摆下了庆功宴，扬州厨界的名流高手尽皆到场。大家要品一品由徐叔亲手打理的，刚刚获得"天下第一味"美名的淮扬传统大菜——四鲜狮子头。

面对满座的高朋，徐叔自然不敢怠慢。这锅狮子头焖足了五个小时才端上餐桌。当揭开砂钵上封口的荷叶之后，一股浓香立刻四散溢出，诱得在座诸人全都撑大了鼻孔，贪婪地深吸起来。

"姜还是老的辣啊。徐叔的手笔，不愧'天下第一味'的美名。"席间一个小伙子感叹道。他叫王天润,是另一名店烟雨楼的当家主厨,也是扬城厨界的后起之秀。本次大赛,他打理的名菜"三套鸭"正是惜败在徐叔手下,仅获亚军。虽然他年轻气傲,此刻却也是心服口服了。

的确,那粉嘟嘟团簇在砂锅内的狮子头虽然只有拳头般大小,但却浸淫着徐叔几十年的烹饪功力,谁能否认它的美味呢?

其他人亦是一片附和,徐叔心花怒放,满面红光。然而就在这时,却有一个苍老的声音在门口处响了起来:"天下第一味,天下第一味?嘿,怎么没人问问我的意见?"

伴着那声音,一个须发斑白的老者走进了厅内。他看起来该有八九十岁的年纪了,腿脚已不太麻利,不过他的目光却烁烁逼人,透出一种自信和居高临下的气势。

众人先是一愣,随后又面面相觑,似乎都不认识这个不速之客。徐叔皱眉斟酌了片刻,迎上一步问道:"这位老先生,请问您是?"

老者却不回答,只是径直踱到了餐桌前,然后淡淡地说道:"加个座吧。我今天来,就是想尝尝这'天下第一味'的。"

他说话的声音不大,可语气却令人无从抗拒。而在座的这些厨界名流在他眼中竟似毫不存在一般。王天润有些忍不住了,便笑了笑说:"今天在座的,都是受了徐老板的特别邀请。这'天下第一味',可不是谁想吃就能吃到的。"

老者转过头来漠然一瞥:"嘿,年轻人,虎口的茧子还没有三分厚,也敢和我说话。"

王天润的脸色腾地变了,眼看就要发作。徐叔连忙上前打了个圆场:"唉,来的都是客,既然是天下的美食,当然天下人都吃得。来,加凳子,加餐具!"他在生意场上泡了多年,最擅识人观色。仅凭几言几语,已料定这老者来历不凡,怎敢怠慢?等对方落座之后,他又恭敬地问道:"老先生,您对我做的这道菜有什么指点吗?"

"还没有吃到口,能有什么指点?"老者"哼"了一声,冲徐叔撇了撇嘴,"帮我夹一筷子去。"

自己以礼相待,对方却如此跋扈,这下连徐叔也难免愠怒。他的笑容凝固在脸上,不知是该发作还是继续容忍。

老者似乎看出了对方心中所想,他摇摇头,语气柔和了一些:"唉,我也不是要有意为难你。只是我的手不太方便……几十年了,早已拿不起厨刀,也捏不起筷子。"说话间,他把一直垂着的双手展开亮在了桌面上,立时引得众人一片轻呼。

那竟是一双残缺不全的手。左右两手的拇指都已从虎口处连跟削去，只留下平平的切口！在座众人都是以厨刀为生，对拇指尤为爱惜。见到这副情形，难免会觉得后背处阵阵发凉。

而徐叔更是骇然变色，他瞪大眼睛看着那老者，脱口而出："您……您是师公？！"

老者略略露出一丝笑容，慨然道："这么多年了，难得你这个徒孙还记得我。"

听到二人这一问一答，举座皆惊。众人都压低声音悄悄议论着，唯有王天润资历尚浅，对过往之事不太了解，神色间一片茫然。坐在他身边的一个中年汉子见此情形，便附耳过来解释道："这个人就是传说中的阿贵，也是上世纪四五十年代时'一笑天'的主人。据说他当年的厨艺登峰造极，无人可比。不过此人厨艺越高，性格便越古怪。后来竟自断双手拇指，退出了厨界，从此音讯全无。他已经有半个世纪没有露面了，不知道今天怎么会突然出现在这里？"

说话者乃是顺水楼的老板陈总。此人一向财大气粗，可提到"阿贵"的事迹时却是一副诚惶诚恐的神情。王天润刚才吃了个闷，心中很是不服，此刻知道了老者原是"一笑天"的旧主，也只好暗自服软。不过想想老者的种种言行，"性格古怪"四个字倒的确属实。

徐叔的父亲当年正是阿贵的徒弟，后者退出厨界时，徐叔尚且年幼，他也只是在父亲讲的故事中知道这个师公的存在。但他对此人的仰慕和敬畏却是早已养成，现在突然相见，一时竟激动得有些手足无措。愕然半晌之后，才颤巍巍地问道："师……师公，您怎么来了？"

阿贵轻叹一声，包含着无限的沧桑，然后他说了句："让我尝尝你做的狮子头吧。"

徐叔不敢怠慢，连忙拿起一个瓷勺剜了些狮子头放到了师公的餐碟中。阿贵用右手的中指和食指夹起勺柄，将佳肴送入了口中。那狮子头早已焖得透烂，无须咀嚼便融在了唇齿之间，同时一股鲜香便在口腔内弥漫开来，瞬间便浸入到了心肺深处。

徐叔屏住呼吸，紧张地等待着师公的评论。那神情竟像是个初出茅庐的小徒。

阿贵闭上眼睛深品了一会，说道："还不错——不过终究是人间的寻常美味。这'天下第一味'的名头，还是去掉吧。"

徐叔神情黯然，但他还是恭恭敬敬地允了声："是。我的技艺还得再加磨练才行。"

"技艺？"阿贵忽然哼了一声，"你的技艺也算拔尖了。可是靠这寻常的菜肴又怎能做出绝顶的美味？不是我对你过于苛求，只是……唉，曾经沧海，曾经沧海啊。"

众人心中均是一凛。"曾经沧海"其下应接"难为水"三字，意指见过了沧海的广阔，便再难被其他地方的水打动了。阿贵说出这样的话，显然是指他曾经见识过绝美的菜肴，因此就连淮扬传统名菜狮子头也难放在眼里了。

到底是什么样的菜能让阿贵这样的人物如此挂怀？

徐叔帮众人将这个疑惑提了出来："师公，到底什么才是绝顶的美味，请您指点。"

阿贵沉默了片刻，反问道："你们有没有听说过'味绝天下'这四个字？"

在座众人议论纷纷，有人似乎略知一二，也有人似乎闻所未闻。

徐叔则点点头："知道一些。"

阿贵"嗯"了一声："那你就给大家说说吧。"

"相传在两百多年前，厨界四大家族为乾隆爷祝寿，分别获赐金牌一块。而此时民间一草根厨子自创了绝世菜肴，号称可'味绝天下'。这个厨子来京城找到了四大世家，现场做了这道菜，野史记载当时'香飘十里之外，闻之者无不痴狂'。不过这个厨子随即便莫名其妙地暴毙，这道绝世菜肴也就从此失传了。"

徐叔说完之后便看着自己的师公，后者点点头："大致准确——不过这并非传说，而是确有史实。"

"史实？不太可能吧？"陈总首先提出了异议，"我可从来没听说有什么厨界四大家族，至于什么御赐的金牌，更是闻所未闻啊。"

众人暗暗点头。陈总交游广博，如果有这样的人物和物件存在，的确不该瞒过他的耳朵。

"你没听说过不代表就不存在。"阿贵瞪了陈总一眼，吓得后者赶紧闭了嘴。然后他从怀中摸出一个小木匣子放在了桌上。那木匣子做工精致，但形色陈旧，显然是经过了漫长岁月的磨砺。

"厨界四大家族，南徐北孔，东林西彭。这东林的'林'指的就是一笑天酒楼的创立者淮扬林家。而记录四大家族辉煌的御赐金牌，就在这个木匣子里。"说这些话的时候，阿贵竟难得露出了恭敬的神情，那样子绝不似在开玩笑。

众人心中又惊又喜，目光全都盯在了那个木匣子上。如果这事的确属实，那可算得上是厨界百年来最大的秘闻了。陈总早已心痒难搔，直愣愣地说道："老先生，那就请您把匣子打开，让大家都开开眼吧。"

听到对方的话语，阿贵的身体蓦地一震，他用残缺的双手护住了那个匣子，颤抖着说道："打开？不，不能打开，不能！"

见师公神色异常，徐叔不免有些担心，他连忙上前扶住老人："师公，您是不是不太舒服？"

阿贵愣了片刻，气息慢慢平定。他似乎没听见徐叔的话，只是自顾自地又说道："不能打开……因为那些金牌里藏着'味绝天下'的秘密。"

众人面面相觑，如此看来，不仅四大家族的确存在，那传说中的绝世菜肴竟也留存在这个匣子里。大家的好奇心愈发旺盛，一双双眼睛似乎都带着钩子，恨不能立刻便把匣子钩到自己面前，以尽窥其中的端倪。

阿贵的目光在众人脸上扫了一圈，他清晰地感受到了大家的欲望。然后他苦笑道："你们一定以为我是要独占这里面的秘密。可是你们根本不了解，我守这个秘密守得多苦。别的不说，就是这几十年的残疾，你们有谁能够承受？"

说话间，阿贵再次把双手亮起，展示在众人面前。看到那光秃秃的虎口，众人的热情被浇上了一盆冷水：难道他的残疾会与这匣子里的秘密有关？这绝美的菜肴为何会给人带来如此惨痛的伤害呢？

"师公，您的手到底是怎么回事？"徐叔提出了这个困扰了扬城厨界多年的谜团。要知道，当年阿贵自断拇指的时候正是他厨艺的巅峰期，究竟是什么样的剧变毁掉了他辉煌的厨艺生涯呢？

阿贵看着自己的残手，神情变得越来越凝重，他那花白的眉头紧锁在一起，像是在回忆着痛苦的往事，又似乎是面临着某项艰难的抉择。良久之后，他深深地吸了口气，嘶哑着声音说道："我也不知道今天来到这里……究竟是对还是错……可我再不来，难道就要把这秘密一同带入土中吗？我没有权力这么做，那秘密必须有人去继承——但我更加清楚，继承者会因此而面对可怕的劫难……"

说到这里，阿贵停了下来，他那幽深的目光看向了徐叔，后者立刻感觉到一种令人窒息的压力。

"我给你一次选择的机会。"阿贵缓缓地问，"作为一笑天的传人，你愿意继承这个秘密吗？"

四大家族的金牌,味绝天下的奥秘!这简直是所有厨界众人梦寐以求的东西呀?徐叔虽然年近半百,但此刻他浑身的热血却像小伙子般沸腾了起来。虽然阿贵那残缺的双手近在他的眼前,他还是没有太多犹豫便坚定地点了点头。

"很好……果然是我的徒孙。"阿贵的嘴角露出一丝古怪的浅笑,像是带着种如释重负般的解脱。然后他把那个木匣子推到了徐叔面前。

徐叔的双手摸上了那个匣子,掌心传来坚硬冰凉的感觉。虽然是暖春季节,但徐叔还是禁不住打了个寒噤。

阿贵的手也跟了上来,压住了徐叔想要开匣子的动作,同时他幽幽地说道:"这匣子是你的了。但是先不要打开——因为你还没有准备好。"

没准备好?徐叔有些茫然了。打开一个匣子还要怎么准备呢?难道是匣子里的东西太过贵重,需要到一个安全隐秘的地点?

"在打开匣子之前,你要先听我讲一个故事。一个曾经发生过的、真实的故事。"阿贵又紧跟着补充了一句。徐叔松了口气:听故事倒不算什么麻烦的事,而且这样一个传奇的老人,他讲的故事也一定不会乏味的。

在座的其他人大体也是同样的想法。而且他们知道，那故事一定会和匣子里的秘密有关，他们虽然无缘继承那个匣子，但能听到一个精彩的故事也算不虚此行了。

于是众人的目光全都集中在了阿贵的身上。老人默然沉吟了片刻，思绪则慢慢飘散，回到了半个多世纪之前的时空之中。

……

一九四一年，扬州城。

虽然同样是春花绚烂的季节，但城里的人们却快乐不起来。因为秀丽的古城正处于日寇的铁蹄统治之下。

百年名楼一笑天也已经很久没有开门营业了。酒楼的林老板当时四十来岁，本是立业的当口，却无奈国事疮痍，世人连性命都朝夕难保，又哪有什么心情逞口腹之欲呢？他只好遣散了大部分的厨子伙计，只留下一个老管家和一个小徒弟，在乱世中勉强维生。

那个尚不足二十岁的小徒弟正是当年的阿贵。在他的印象中，自从一笑天停业之后，林老板的脸上便再没有过笑容。

不过这一年春意渐浓的时候，林老板却笑了。他嘱咐阿贵去市面上买好镇江的香醋、三和的酱油、绍兴的料酒以及上等的精盐和白糖。阿贵以为酒楼又要开业了，心中又惊又喜。可林老板很快就否定了他的猜测。

"只是有几个客人要来。"这个胖乎乎的中年人眯着眼睛说道。

客人？什么样的客人能让林老板如此重视呢？阿贵心中充满了好奇。而到了清明节那天，这些客人如约而至，阿贵也终于能够一睹他们的真容了。

一共是三个客人。

最先到的是个皮肤黝黑的男子，看年纪大约三十来岁。他身形瘦小，但一双眼睛却是又大又亮。他说话的时候腔调很怪，语速又快得惊人，这一点让阿贵颇为头疼，因为他常常会听不明白对方的意思。

第二个到达的是个身形高大的中年汉子。他操着一口山东话，为人豪爽，总是亲切地管阿贵叫"小兄弟"，阿贵也因此最喜欢和他相处。

最后来的是个四川人，年近半百。他白白的面皮，矮胖矮胖的，开口说话之前总是习惯性地哈哈大笑几声，然后再摸摸自己光溜溜的头皮。那头皮油光锃亮，在阳光下几乎能映出人的影子来。

这几个之间都是以"老板"相称。黝黑男子叫"徐老板"，山东大汉叫"孔老板"，四川胖子则叫"彭老板"。他们和林老板一见面就显得亲热无比，像是分别了多年的亲兄弟一般。可阿贵知道他们此前互相并不认识。

因为这四个"老板"第一次见面时都叫不出别人的称呼。他们先要掏出一个随身携带的牌牌，互相打量了，这才笑逐颜开。

"哟，彭老板！"

"哈哈哈，林老板嗦？"

……

阿贵没有机会看清楚那些牌牌。因为每个人都是将其一晃就又立刻收了起来，似乎那牌牌里藏着不能为外人所知的秘密。不过阿贵知道这些东西来历不凡，因为它们都是黄澄澄的纯金打造，并且做工精致，文饰华贵。

客人们到齐之后，林老板把他们领到了酒楼客堂中，众人相聊甚欢。阿贵借着端茶倒水的机会旁听了一会，发现他们的话题都与烹饪有关，且言辞真灼，显然每个人都背负着高深莫测的技艺。他们这一聊就是好几个钟头，到了天色渐暗之时，这才一同起身，向着一笑天酒楼的后厨而去。

阿贵料到他们定是要去一展身手了，禁不住心痒难搔。不过没有师父的允许,他也不敢跟着窥看。好在天色大黑之后,老管家忽然带过话来:林老板已经在后堂摆下宴席,招待三位贵客,让阿贵前往陪侍。

阿贵顿时心花怒放,连忙往后堂赶去。尚隔着十余丈的距离时,便已有香味扑面而来。那香味中似乎藏着锐利的钩子,牵引着阿贵越走越快,最后竟是飞跑着冲入了屋内。

在厅堂正中摆着一张方桌,林老板与那三个客人分坐一方。方桌上的菜肴并不丰盛,只是一个瓷坛,三只清碟。然而诸多香味却正从那方桌上款款散出,在宽敞的厅堂内弥漫萦绕。阿贵甫一进入,立刻被这股香气团团围住,他觉得整个身体忽然间只剩下了一个鼻子,其他所有的感观都消失了,因为从嗅觉传递过来的信息已经占据了他所有的脑细胞。

阿贵傻傻地愣住了,不知过了多久,才隐约听见林老板的声音:"阿贵?阿贵?"

阿贵从恍惚的状态中清醒过来,只见桌上四人都在笑吟吟地看着自己。他意识到自己的失态,一时间羞得满脸通红。这时师父冲他招了招手,笑道:"你过来吧。今天算你造化大,几位老板想要点拨点拨你。"

阿贵一阵狂喜，他三两步抢到桌前，翻身就要拜倒："多谢诸位师父栽培……"

"谢啥子谢嘛。"胖胖的彭老板一把搀住了阿贵，他笑起来眼睛眯成了一条缝，像是庙里的弥勒佛一般，"哈哈哈，莫要客气，吃菜吃菜。"

林老板把一双筷子塞在阿贵手中："来吧，尝尝这几位老板的手艺。"

阿贵把筷子攥得紧紧的，目光骨碌碌地在方桌上转了一圈。虽然食指大动，但彷徨间却不知该从哪道菜开始下手。

孔老板伸出大手拍了拍阿贵的肩膀，然后一指自己面前的菜盘："小兄弟也饿了吧？这个时候吃我们山东的九转大肠才最美味！"

棕红油亮的大肠被切成扳指大小的寸段，整整齐齐地码在浓稠的卤汁中，对饥饿中的人散发出难以抵抗的诱惑力。阿贵不再犹豫，伸出筷子夹起一截来，迫不及待地送入了口中。

尚未来得及咀嚼，那浓香的卤汁已经在唇齿间化了开来，受到刺激的舌腺立刻分泌出了大量的唾液，将那块大肠团团地围住。那大肠虽然已焖得透烂，但肠皮仍然带着些许韧劲，需稍加发力后才被牙齿咬开，更多的浓香随之溢出，弥散在整个口腔内。阿贵大咽了一口唾沫，一连嚼了好几十下，这才恋恋不舍地将那块大肠吞进了肚子里。

"感觉怎么样？"孔老板笑呵呵地问道。

"香！"阿贵觉得除了这个字，其他任何的描述都是多余的。

"那个还用得着你来说！"彭老板摸摸自己的光头皮，把自己面前的盘子也推到阿贵面前，"来，再尝尝我们四川人的麻婆豆腐，看看是什么感觉？"

这盘中的豆腐色泽淡黄，点缀着暗红色的辣椒面和黑色的花椒颗粒。一簇簇的牛肉沫则裹着红褐色的豆瓣酱散落在嫩若凝脂的豆腐上，勾得人馋虫大起。

阿贵用筷子夹起一块豆腐。那豆腐虽嫩，在筷子头上颤悠悠地，但却毫不散形。阿贵略略伸出舌头，将沾着牛肉末的豆腐接入了口中。一种强烈的热辣感觉立刻从他的舌间漫到了全身。如同过了电似的，他的身体竟微微地颤了一下，同时细密的汗珠也从额头上渗了出来。

这种热辣实在过于灼人，阿贵一时间竟有些难以承受，他忙不迭地将舌头在口里打着转，带着那块豆腐四处游走，十几个来回之后才终于适应下来。而这时豆腐的鲜嫩和牛肉末的酥香开始侵蚀到他的味蕾，让他享受到一种热辣至极的快感。

吃完了这块豆腐，阿贵又连着抽了好几口凉气，这才缓过劲来叹道："好辣，好辣！"

"哈哈哈。"彭老板大笑，"要得要得，就是要这个'辣'字。越是辣，才能越刺激起你的味蕾，尝出这道菜的妙处来！"

看着阿贵那种既痛苦又享受的模样，林老板也禁不住笑了。他指了指徐老板面前的那个瓷坛说道："喝碗汤把这股辣劲冲一冲吧。这川菜太过霸道，如果不让味蕾缓缓，一会你吃师父做的鱼可就品不出其中细微的妙处了。"

徐老板会意，打开了那个瓷坛的封盖，顿时浓香四溢。阿贵跟随林老板多年，闻香辨味的能力已有小成，但此刻却为难地皱起了眉头。因为从那坛子里飘出来的香味实在过于复杂，不仅纷繁缠绕，而且倏忽瞬变，其来源似乎有数十种之多，着实让人无从辨别。同时又有一股浓浓的酒味夹杂在诸多香气之中，令人闻来酥软欲醉。

"这……这是什么菜？"阿贵只好求助地看向了自己的师父。

林老板还没来得及开口，徐老板已经自卖自唱地答了起来："这是我们粤菜中的名品——佛跳墙。它用十八种主料，十二种辅料融合而成，并且用绍兴名酒进行调和，美味无穷。古人有诗云：'坛启荤香飘四邻，佛闻弃禅跳墙来。'意思是就算得道的活佛闻到这道菜的香味，也要忍不住跳墙过来尝一尝。"

徐老板一边说着，一边盛了一小碗汤递给了阿贵。只见那汤色浓褐，隐约可见其中鱼唇、干贝、鸡肫、香菇、笋尖、竹蛏等等诸多用料。

阿贵将汤碗送到嘴边，撮起唇轻轻地啜了一口。一种美妙的感觉立刻从口舌间向着周身的毛孔散去。那汤不仅滋味极浓，而且淳厚无比，阿贵连咂了好几下舌头，实在是回味无穷。

"这汤真是醇正无比！"阿贵忍不住大赞道。

这边阿贵继续喝汤，林老板在一旁也没闲着，他将一个特制的大铁盘端上了桌。那铁盘里盛着浅浅的一汪清水，下面则垫着灼热的炭火。那炭火已燃了一段时间，盘内的清水沸开，蒸汽正盈盈上逸，氲在了铁盘上方纵横交错的几道铁丝上。每道铁丝上都零零串串地，穿着许多亮闪闪的薄片。然后林老板将自己面前的菜盘放到了铁盘内的水中。菜盘内是一条形扁口阔的鱼儿，已经蒸熟，看起来清雅怡人。

"鲥鱼，长江三鲜之首。"林老板笑着向各位客人介绍道，"其味极美。世人烹制鲥鱼多不刮鳞,因为鲥鱼的鳞片是储存脂肪的地方,美味多汁。但不刮鳞的鱼吃起来终究影响口感,所以我将鱼鳞刮去,用铁线片片穿起,悬挂在鱼身上方。食用时以蒸汽融化鱼鳞,脂肪滴滴落下,渗入鱼身。这样既能保持温度,又能保全美味,还不影响口感,一举三得。"

阿贵被师父的描述所吸引,禁不住瞪大了眼睛。果然,鱼鳞上的脂肪在蒸汽的加热下,正渐渐化开,然后滴滴落下,有的渗入鱼身,有的则落在铁盘内的水中,打起一点点的微小涟漪。

却听林老板又悠悠然地说道:"我这道菜有个名字,取自唐杜甫的五言诗《水槛遣心》,叫做'细雨鱼儿出'。"

"'细雨鱼儿出'。好,好啊!"孔老板忍不住击节而起,"久闻淮扬菜精雕细琢,以文化和品味取胜,今日一见,果然是大开眼界。"

林老板微微一笑:"来,阿贵,你先尝尝,师父这条鲥鱼的滋味如何——可不许偏袒,实话实说。"

阿贵拿起筷子,向着肥硕的鱼身伸了过去。那筷子头触及鱼身时,褪了鳞的鱼皮便如一层具有弹性的薄膜,微微地凹陷了下去,但却依然紧崩光滑。阿贵手指微微加力,筷头轻轻往下一戳,那层鱼皮应势而破,立时有冒着热气的肉汁从破口处汩汩地涌了出来。

阿贵夹起一块连着皮的鱼肉,沾汁带水地送入口中,立时间,一股奇鲜沁遍口鼻,而鱼肉之细嫩,几乎是触舌而溶。阿贵闭起眼睛轻啧一声,一副心满意足的表情。

"鲜,太鲜了。"良久之后,他才幽幽地叹道,"师父,我什么时候才能学到您这般的手艺?"

"嗯。"林老板点点头,"香、辣、醇、鲜。你对这四道菜的概括言简意赅,但都能精准地切中了要害。也不枉我平日对你的一番期待。以你的天赋,假以时日,必能青出于蓝。"

阿贵得到师父的褒奖,不免喜上眉梢,其他几个老板也都以赞许的眼光看着阿贵,显然是认同林老板的评价。

"好了,你退下吧。"林老板又看着阿贵说道,"今天这几口菜已够你琢磨个一年半载的,你功力尚浅,多吃无益。"

"是。"阿贵恭恭敬敬地答应一声,垂手退在一旁。林老板等人则各自拿起筷子,互品佳肴。四个人有说有笑,气氛快乐祥和。

酒过三巡之后,老管家忽然从门外急匆匆地赶了过来,附耳对林老板说了些什么。林老板皱起眉头,似乎遇到了什么棘手的事情。斟酌了片刻之后，他对老管家说道："你去回复对方，就说一笑天酒楼早已歇业，我的手艺也荒废了，不敢再出去献丑。"

老管家点点头，转身离去。而林老板兀自神色凝重。其他人见势头不对，也都停止了吃喝。沉默片刻后，彭老板率先忍不住问道："出啥子事情了嘛？"

"下周是本地区自治会会长姚长平的五十岁生日。"林老板压低声音说道，"他要请我去帮他操办生日大宴。"

"自治会会长？"彭老板性格最是直爽，当即便口无遮拦地说道，"那不就是扬州城里最大的汉奸嗦？给他做菜？想得倒美！"

林老板连忙摆了摆手："嘘，小点声……这个姚长平可是心狠手辣，手段比小鬼子还黑呢！扬州城里的热血男儿祸害在他手里的不知道有多少……你刚才那话如果传到他耳朵里，可就别再想活着离开扬州城了！"

孔老板点点头："嗯，现在的局势，对这样的人能躲就躲，犯不着和他硬碰硬。"

"借故不出是最好的方法。"徐老板干瘦的脸庞上露出一丝狡黠的笑容，"实在不行，就说是生病了，得了痢疾，会传染的。"

这主意倒的确不错。众人正在交口赞和之间，忽听一个声音在厅外大声说道:"生病？哼，生病了还能凑在一起喝酒享乐？"

说话者开口的时候，似乎刚刚迈过了前院，但他脚程极快，话音落时，人已经出现在了后厅的门口。这是一个身形瘦高的男子，看起来三十来岁的年纪。他沉着脸，一双枭目打量着屋内众人，眼神阴霾锐利，令人不寒而栗。

老管家气喘吁吁地跟在此人身后，耷拉着脸自责道："老板……这位先生硬是要闯进来，我拦不住他……"

林老板暗暗叫苦。他连忙起身迎上两步，陪着笑问道："您是姚会长府上的人吗？不知该怎么称呼？"

"我是姚府的管家，郑荣。"男子的目光从四位老板身上扫过，忽然爆发出一阵阵阴恻恻的冷笑，"好，好极了！南徐北孔，东林西彭，厨界四大家族的传人都在这里！我已经尽了礼数，既然你们敬酒不吃吃罚酒，那就别怪我不客气了。来人！"

伴着他最后那一声低吼，前厅又响起一阵呼啦啦的脚步声，十来个伪政府的军警涌了进来。

"这几个聚众集会，散布对自治政府不利的言论，图谋不轨。把他们统统带走！"郑荣一声令下，那些军警如虎狼般扑了上来，或扭或绑，很快就把众人一一制服。林老板还想辩解两句，但郑荣却已转头走向前院,根本就不给他这个机会。彭老板按捺不住,破口骂将开来:"你们这些汉奸,作恶多端,终会有遭报应的那一天!"

郑荣停下脚步,猛地转身瞪视着彭老板。他的目光狠毒异常,虽是彭老板胆大豪爽,竟也被他瞪得心中发毛。

片刻之后,郑荣忽然纵声狂笑起来:"哈哈哈……作恶?报应?好,好!我等的就是这一天!"

诸位老板在对方的笑声中面面相觑,心中都产生了一种极为不祥的预感。连同阿贵和老管家一起,众人都被军警挟裹着,忐忑不安地向着城北的姚府而去。

到了姚府之后,众人被关在了后院的一间偏房内。虽然未上刑具,但门口一直有军警看守,其情势与羁押差不了多少。

原本开心的聚会却无端突遇如此横祸,众人都不免有些沮丧。尤其是林老板,愁眉紧锁,一个劲地叹气。孔老板见他实在过于烦恼,便劝慰对方道:"林老板,你也不用太担心了。实在不行,大不了下周去应付应付,走个过场也就是了。这种身不由己的事情,大家也都会理解的。"

林老板却摇摇头:"我现在担忧的倒不是姚府生日大宴的事

情……我们四家二十年一次的聚会,外人从来不知。这次你们过来,就是我的徒弟阿贵,还有我的老管家,连他们也不知道你们的身份。可这个郑荣却能一口气报出我们的名号,他的来历只怕不是那么简单呢……"

林老板这么一说,其他三个老板也紧张了起来,七嘴八舌地议论道:

"那他到底是谁?"

"难道……"

"他想要干什么?"

"我们该怎么办?"

……

林老板长叹一声:"唉——是福不是祸,是祸躲不过。该来的终究还是要来,现在也只能静观其变了……"

众人沉默着。此时夜色已深,偶有夜风吹过,带起一阵阵呜咽似的声响,令人心头更觉得压抑。不知过了多久,忽有脚步声传来——这个人走路又快有急,听声音正是那个神秘男子郑荣。

果然,众人很快又听到了郑荣与门外军警的对话声。

"你们先退下吧,把院子里的通道守好,这几个人就跑不了。"

"是！"

林老板眉头一跳：这个郑荣深夜前来，又特意把看守的军警支开，显然是要和众人进行一次隐秘的会面。正思忖间，偏房的门已被推开，郑荣踏着月色来到屋内。他的脸色惨白，浑身上下都透出一种令人彻骨的寒意。

"你到底是谁？"林老板迎上去问道。真到了针锋相对的时刻，他反而又平静了下来。

郑荣没有立刻回答。他与林老板对视着，屋内的气氛几近凝滞。良久之后，他才终于开口。

"郑家的后人等这一天，已经等了两百多年。"他阴恻恻地说道。

林老板无奈地苦笑着："果然是你……你终于找来了。"而此时孔老板、徐老板和彭老板也各自露出了尴尬而又怪异的表情。阿贵和老管家则是一脸茫然，他们虽然也看出事有蹊跷，但却完全不明白到底发生了什么。

"两百多年了，你们四大家族财大势大。你们想要把那段不光彩的经历抹去，甚至不惜去修改史书上的记载。可惜发生过的事实是永远抹不去的！郑家的后人永远不会忘记那场血债！"郑荣的声音变得高亢起来，显示出心中激动的情绪，"我们郑家地位卑微，奈何不了你们。可现在的乱世终于给了我机会。我不惜被世人唾弃，投入汉奸的门下，等的就是这一天，为先祖报仇的这一天！"

林老板看着郑荣，他悲伤地摇了摇头："你这又何苦呢？事情已过去了那么多年，你还想怎么样？"

"把那四面金牌还给我！把我郑家祖传的菜谱还给我！"郑荣咬牙切齿地说道，"然后向世人坦白你们当年的罪行，恢复我家族应有的厨界地位！"

"罪行？"林老板的表情变得有些奇怪，他似乎想说什么却又无法开口，犹豫片刻后，只能喃喃道，"你不明白的，你并不知道真相。"

郑荣"嘿嘿"冷笑了两声："真相？当年你们四大家族受到乾隆爷的封赏，无比荣耀。而我郑家先祖则独创'味绝天下'之菜谱，在京城一鸣惊人，烹制出令世人疯狂的绝美佳肴。可你们四大家族出于卑鄙的目的，竟将我的先祖害死，同时吞没了那道绝世菜谱，分成四个部分刻在了御赐金牌的后面。这难道不就是真相吗？"

"你……"面对郑荣咄咄逼人的斥责，彭老板有些按捺不住了，他抢上一步想要反驳对方，可却被孔老板伸手拦住："彭老板，不可冲动。"

徐老板也压低声音劝解道："我们受些委屈不要紧，那个秘密可万万不能泄露。"

彭老板忿忿不平地咽了口唾沫，但终于还是把一口火气压了下去。

林老板沉吟片刻后，对郑荣说道："你如果非要这么想，我们也没办法……只是那四面金牌是乾隆皇帝御赐的物品，在我们家族中也是世代相传的。就凭你这几句话就要我们交出来，那是决不可能的。"

"哈哈。"郑荣抬起头大笑了几声，"你以为我是在求你们吗？四大家族二十年一聚，御赐金牌就是相会时的证物！所以那些金牌你们现在一定随身带着吧？这里是我郑某人的一亩三分地，我想要什么东西轮不到你来说可能不可能！"

林老板回头看了看身后的徐老板等人，他们全都变了脸色。显然郑荣的话语正切中了他们的要害。在面面相觑了一会之后，孔老板似乎想到了什么，他对郑荣说道："我知道你们郑家的后人一直对那道绝世菜谱念念不忘。不过那菜谱中涉及到的技法涵盖了四大菜系中的精华,并不是一般人能够完成的。再说了,那四面金牌是乾隆爷亲赐,目的就是为了表彰我们家族在四大菜系中的领袖地位。你现在即使靠着强权夺去,嘿,又有什么意义呢?"

"你不用激我,我明白你的意思。"郑荣冷冷地看着众人,"我郑家的后人个个都是厨艺天才,四大菜系的技法无不了然于胸。明天我就和你们比一比,让你们心服口服。那四面金牌最终还是要到真正的厨界领袖手中。"

"好!"林老板拍手道,"如果你真能赢了我们,我们自然会把金牌双手奉上。可是,如果你赢不了我们……"

"那我就立刻送你们出府。在我郑荣有生之年,都不会再对这金牌有窥伺之心!"郑荣掷地有声地说道,听他的语气,似乎对于获胜有着百分之百的把握。

"好得很,好得很!"彭老板也哈哈大笑起来,"君子一言,驷马难追!"

"哼。那你们就守着自己的金牌过最后一夜吧。从明天开始,它们就全都是我的了!"撂下这番话之后,郑荣拂袖离去。

众人看着他远去的背影稍稍松了口气。徐老板轻叹一声道:"孔老板,多亏你及时想出了这个激将之法,要不然今天的局面还真是不好收拾呢。"

孔老板微微一笑："郑家的传人个个都是厨痴，所以我料到他一定不肯在厨艺上示弱的。"

"那就安逸啰。"彭老板摩挲着油亮的光脑壳，"哪有人能在厨艺上同时赢了我们四个人的？你说呢，阿贵？"

阿贵摇了摇头，他的确觉得不可能。他刚刚见识过四位老板的厨艺，个个都是绝顶的高手。而且他们分属四个不同的菜系，要让一个人用四种技法去击败他们，那简直就是天方夜谭一般。

不过阿贵心中却有一个疑问不吐不快，憋了半天他终于忍不住提了出来。

"师父，那个人说的'味绝天下'的事情是真的吗？那四面金牌背面是不是真的藏着一道菜谱？"

四大菜系的传人全都沉默不语。良久之后，林老板才拍着徒弟的肩头叹道："阿贵啊，你相信师父的话吧。对于这件事情，你知道得越少越好……"

这句话中的潜台词已是如此的明显。阿贵知道"味绝天下"的菜谱一定是存在的，可是师父他们为什么如此忌讳提到这件事情呢？

阿贵心中充满了好奇,他不知道这个谜团到明天会不会解开。

此时夜色已深,众人便在这偏屋里凑合着歇息。姚府的军警看守甚严,即使有人要起身入厕也会有守卫贴身跟随。林老板等人心知这一定是得到郑荣的特别嘱咐,防的是他们将随身携带的金牌藏匿起来。

好在是暖春时分,夜间也并不寒冷。众人或坐或卧,勉强而眠。到了第二天天色放亮之时,蜷在屋角的阿贵忽然从睡梦中醒了过来,立刻便闻到了一股扑鼻的香味。

那香味在空气中萦绕,似曾相识,令人如痴如醉。阿贵再看看四周,只见师父等人也都在嗅着鼻子,脸上同时呈现出惊讶与陶醉的表情。

这时随着脚步声响,郑荣迈步进了屋子。他身后跟着的军警则在屋内摆放起一套桌椅。郑荣看着众人冷言道:"诸位,入座吧。你们也饿了一夜,正好尝尝郑某的手艺。"

林老板微微一笑,大声说了句:"好!"然后昂首来到桌前坐下。其他人看到他的这番气度,都在心中暗暗喝彩,同时也跟随入座。他们知道郑荣是为了斗艺而来,无论如何不能在气势上输给对方。

林老板见大家都已坐好,便挥了挥手:"郑管家,请上菜吧。"

郑荣"哼"了一声，负起手围着桌子转了两圈，然后开口说道："天下四大菜系：鲁、川、粤、扬，其烹饪理念各不相同，但内在却有着相通的道理。东南西北，不同的地域有着不同的水土气候，不同的水土气候滋生不同的万物，而天地万物，又无一不被人所用。所谓'一方水土养一方人'，这两者间的桥梁，便是'饮食'二字。"

郑荣这番话一出，四位老板禁不住都默默点头。阿贵则睁大了双眼，似乎体会出一些道理，但又不是完全明白。

却听郑荣又继续说道："鲁菜即代表了北方菜系，特点是份大料足，大荤大油，北方人代代食用这样的菜肴，自然长得高大强壮。究其原因，乃是因为北方气候寒冷，如不大量进食热量高的大荤类食品，怎能长膘御寒？昨日几位相聚，孔老板以'九转大肠'献客，确实可代表鲁菜中的精华。今天我就班门弄斧，在鲁菜御赐传人面前也献上一道'九转大肠'！"

郑荣说完，"啪"地拍了下手，门外便有端着餐盘的仆人匆匆而入。那仆人将餐盘放在桌上，果然是一份酱色诱人、浓香扑鼻的"九转大肠"。

四位老板互相传了个眼神，神色略显严峻。从"色"和"味"这两个环节来说，郑荣的这份"九转大肠"丝毫不逊于孔老板昨夜的作品。沉默片刻之后,孔老板率先拿起了筷子,夹起一块大肠送入口中品评——作为鲁菜传人,他自是最明白这道菜之中的要诣了。

在众人期待的目光中,孔老板慢慢咀嚼着口中的大肠,他足足嚼了有数十下,这才将那大肠吞入腹中,然后黯然说道:"我输了。"

众人心中一沉,亦各自举筷。阿贵品尝过孔老板的杰作,实在想不出还有什么样的大肠能胜过昨夜的美味。直到郑荣所做的大肠入了口之后,他才喟然叹服。

那大肠不仅浓香厚腻,更带有诸多奇妙的滋味。每次咀嚼之下,似乎都有花香溢出,而且那股花香种类繁复,变幻多端,融在口齿之间,实在是一种难以描述的享受。

林老板皱起眉头,似乎在细细分辨着什么,然后他沉吟着说道:"这是……玫瑰、百合、丁香?"

彭老板未置可否,摇头道:"我觉得是桂花、茉莉、月季……"

徐老板也忍不住补充着:"嗯,还有牡丹、槐花、睡莲。"

"你们说得都没错。"郑荣得意地笑道,"鲁菜的烹制,重糖重油,这道'九转大肠'更是如此。而我在烹制这道菜的时候,并没有使用寻常的白糖，用的是九种极品花蜜，所以才能产生这九转的花香！"

孔老板拱起双手，连说了两遍"佩服"，虽然他神色沮丧，但语气却非常诚恳。

郑荣"嘿"了一声，又拍了拍手，门外的仆人又端了菜盘进来，这次却是一道"麻婆豆腐"。

"说到川菜的特点，早已是世人皆知。不过四大菜系，为何唯独川菜与'麻辣'两个字结下如此深的渊源？追根溯源，这答案仍在水土和气候上。四川古代称为'蜀'地，潮湿多瘴，病疫频发。多吃辛辣的食品，可以加强内火，抵御湿气，保持身体的强健。川人泼辣豪爽的性格，也和这气候造成的饮食结构有关。彭老板，你不妨尝尝我做的'麻婆豆腐'，看看如何？"

"要得，要得！"彭老板很爽快地夹起一块豆腐便往口中送去。那豆腐一入口，他脸上的肌肉便猛地抽动起来，似乎被灼热的火炭烫到了一般。然后他猛吸了几口凉气，舌头飞速地在嘴里打着转，将那块豆腐四处拨动着，同时额头上汗如雨出。旁观众人见到这副情形，禁不住都变了脸色。林老板本来也夹起了豆腐，此刻却又犹豫着落下了筷子。

那边彭老板勉力支撑了七八个回合，终于坚持不住，一张口将那块豆腐吐了出来，神态举止均狼狈不堪。他连连抽着舌头："好辣好辣，辣死个人哦！"

"哈哈哈……"郑荣纵声大笑起来，"川菜就是要辣到极致，才能品出其中极致的美味。你连这股辣劲都承受不了，又有什么资格和我一较高下？"他一边说着，一边夹起一块豆腐送入自己口中，细细咀嚼之后咽了下去，神态自若，脸不红，汗不出。

彭老板摇了摇手，长叹一声："莫再说啰，我败啰。"

林老板和徐老板对视了一眼，心中暗暗吃惊。没想到这短短的片刻之内，己方已经连折了两阵。剩下来的希望便寄托在他们俩人身上，形势已非常严峻。

那边郑荣兀自拍了拍手，又有仆人端上了一个青花的绍兴酒坛。不用说，这里面盛放的自然是粤菜中的名品：佛跳墙。

"广东地处南疆，气候特点正好与东北截然相反，粤菜的特点和鲁菜自然也相反，广东人多半长得精干瘦小，也就不足为怪了。南方长年闷热，人体内热毒难排，因此粤菜尤为讲究调理，具有排毒作用的各式汤煲大行其道。"郑荣上前揭开了酒坛的盖子，"徐老板，请吧。"

一股醇香早已从酒坛内溢出。徐老板深知来者不善,他稳住心神,拿起汤勺在酒坛内搅了几下,然后舀出一小碗汤来。那汤色泽浓厚,热气腾腾,似乎尚在高温的沸点之中。

徐老板将嘴靠近汤碗,轻轻地吹了两下,同时向碗底凝视着。要知道佛跳墙这道菜用料广杂且并无定数,主配料的组合搭配对于菜的品质极为重要,因此对方既然以此菜和自己相斗,他首先关注的便是对方选用了哪些菜料。

然而一看之下,他却大为疑惑:因为那汤碗中竟没有任何菜料。难道是自己刚才汤勺探得太浅?带着这样的想法,徐老板又拿起汤勺往酒坛的底部搂了两下,然后再次舀起一勺汤来。

一旁的郑荣看出了他的想法,冷笑道:"徐老板,你不用费力了。这酒坛里可找不到任何的菜料。"

徐老板皱起眉头:"佛跳墙这道菜,主配料合计有数十种之多,你这里面怎么会什么都没有?"

"不是没有,而是找不到。"郑荣郑重其事地解释道,"因为所有的菜料都已被炖烂炖化,融在了这一坛汤中。所以配料就在手中的碗里,可你却看不见它们。"

"什么?"徐老板张大了嘴,"将所有的主配料炖化,融在汤里,这……这怎么可能呢?"

"可不可能你喝一口汤就知道了。"

徐老板难以置信地摇了摇头,他将嘴凑到了汤碗上,然后轻轻地啜了一口。那汤汁在他的舌间漫开,立刻带来一种令人痴迷的味觉体验。徐老板呆呆地愣在原地,如同傻了一样。半晌之后,他才略回过些神来,喃喃地说道:"都在汤中……果然都在汤中……这样的火候,这样的醇香,不服不行,不服不行啊……"

"很好。"郑荣傲然"哼"了一声,再次拍拍手。仆人们将最后一道菜端了上来。呈现在众人眼前的,正是昨夜在一笑天见识过的那个铁盘。盘中鲥鱼肥美,盘上鱼鳞缤纷。

郑荣照例要侃侃而谈一番:"淮扬地处长江下游沿岸。最重要的地域特色便是四季分明,物产丰富。四季分明则饮食的季节性强,物产丰富则在烹饪用料上选择范围广,这两点便造成了淮扬菜崇尚本味的特色。扬州人常把'尝鲜'两个字挂在口上,所谓'尝鲜',就是食用当令的果蔬肉禽。既然是尝'鲜',在烹饪时当然就要突出原料的本味,以区别于可常年上市的其他原料;物产丰富也是同样的道理,拿鱼来说,淮扬地区水网密布,鱼类品种难以计数,于是每种鱼便有每种鱼的吃法,黑鱼宜汆、鲫鱼宜煨、鳊鱼宜烤、鲥鱼宜蒸、鲢鱼宜烩、鳜鱼宜焖……凡此种种，目的都是为了最大程度地发挥出原料自身的特色本味。而清蒸鲥鱼，历来便是淮扬菜系中的名品。"

这时铁盘下炭火渐旺，盘内蒸汽翻腾，鱼鳞上的脂肪也开始滴落。郑荣看看那盘中的鱼儿，又看看林老板，目光中似有赞赏之意："林老板的这道'细雨鱼儿出'，刮鳞而不去鳞，在味、意、形三个方面都有突破，算得上是一件杰作，令人见识之后，受益匪浅。只是……"

林老板目光紧缩了一下。这道菜是他为了迎接三位贵客的到来，经过数月的冥思才独创而出，他不信郑荣在短短一夜之间，便能在这道菜上找出破绽，超越自己。

郑荣略顿片刻，将刚才那句话说完："只是这道菜无论在味、意、形哪个方面，都未能达到极致。"

"哦？"林老板不动声色地反问道，"那依你看，该如何改进呢？"

"其实倒也简单得很。"郑荣一边说，一边从身后仆人手中接过一只黄色的柠檬和一柄雕刀。他用雕刀在柠檬上飞速地转了几下，然后举到鱼儿上方，轻轻一捏，几行果汁喷洒到了鱼身之上，同时他解释道:"柠檬汁可以去腥,在做清蒸鱼的时候,加上一些,岂不美哉?"

"嘿嘿。"林老板干笑两声,"以柠檬汁去鱼之腥乃是西洋人的做法。对于我中华食客来说,要去腥通常在食用时佐以上等的镇江香醋即可,又何必多此一举?"

"对于这个柠檬的妙用,林老板是只知其一,不知其二。请看——"郑荣将那只柠檬放在了铁盘中,因为盘中有水,所以柠檬呈半漂浮的状态,在水中轻轻摇曳着。林老板疑惑地睁大眼睛,不知对方此举用意为何。

郑荣双手并不停歇,又拿起一只新的柠檬,照样动刀,挤汁,然后浸在盘中。如此几分钟之后,盘中已有四只柠檬。这时却见最初的那只柠檬在蒸汽中慢慢散了开来,竟呈现出一朵荷花的形态。

林老板先是惊奇地"咦"了一声,随即心中明了:郑荣用雕刀在柠檬上刻动的那几下看似不经意,但其实对于刀法的掌握却已妙到了巅毫。这些柠檬被刀刻之后,初时还看不出玄妙,但到了热水中之后,受水气蒸煮,刀口慢慢张开,这才显示出雕成的荷花形态。

这时另外几只柠檬荷花也开始绽放,进一步印证了林老板的猜测。却见一片雾腾腾的蒸汽中,雨水淋淋,鱼儿戏浪,朵朵荷花飘荡在周围,给人一种荡舟于江南春雨中的幻觉。

淮扬菜在四大菜系中最讲究文化与菜品的结合。雕功与造型亦是淮扬烹饪大师孜孜追求的绝技之一。郑荣以柠檬为料,不但改良了菜味,而且在鱼水边增添了含苞绽放的荷花,对整道菜的意境可谓提高了一个档次。其构思之精妙,技艺之娴熟,着实令人叹为观止。

"林老板,现在你感觉如何?"郑荣瞥着眼睛问道。

林老板无言以对,只能摇头苦笑。

"好了。"郑荣板起脸,换上了一副冷酷的语调,"就请四位老板把金牌交出来吧,我们郑家和诸位的恩怨,也该到了结的时候了!"

四位老板齐齐地变了脸色。彭老板更是用双手捂在腰间,脑袋摇成了波浪鼓:"使不得,使不得!"

郑荣眼中闪过一丝寒光:"胜负已分!诸位如果敬酒不吃吃罚酒,那可就别怪我不客气了!"

听着对方恶狠狠的话语,众人都不禁心中一凛。的确,现在的局面无论从哪个角度来说，郑荣都已占据了绝对的强势。他们又有什么能力保住手中的金牌呢？

徐、孔、彭三人都看向了林老板，似乎在等待这次聚会的主人做个决断。林老板黯然沉默了良久，终于伸手入怀，将自己携带的那面金牌掏了出来。

阿贵虽然已跟随师父多年，但对这面金牌是罕有所见。此刻他正好坐在师父身边，忍不住偷眼细细地打量这金牌几眼。那金牌大概有茶杯口大小，正面有几个凸起的篆字，写的却是"御赐淮扬第一厨"。

这定是乾隆爷对林家先祖的封赏吧？阿贵在心中暗自揣摩，同时臆想起当年的风光景象，不禁颇为神往。

坐在对面的彭老板却是一脸的焦急，失声叫道："林老板，你……你这是要做啥子？"

"唉，天意，天意啊。"林老板长叹一声，"这两百多年的恩怨，看来的确是到了该了结的时候了。"

说话间，林老板将手中的金牌放下，然后慢慢推到了桌子中间。在这个过程中，他一直小心保持着金牌正面冲外，不过一旁的阿贵还是看到了金牌背面的端倪：那里也刻着字，虽然字体相对粗糙，但眼尖的阿贵还是辨出了那五个字写的是"燕尾豚鱼籽"。

燕尾豚鱼籽？阿贵心中暗暗吃惊。淮扬厨子都知道，这燕尾豚是河豚鱼的一种。河豚号称"百鱼之王"，以美味闻名天下，但也以剧毒闻名天下。自古以来，因贪图河豚鱼的美味而中毒丧身的人数不胜数。宋代的诗人梅尧臣曾留下一首五绝，描绘出河豚鱼矛盾的两面："河豚当是时，贵不数鱼虾。皆言美无度，谁谓死如麻！"

燕尾豚以鱼尾形似剪刀而得名。据说其毒性在河豚鱼中尤为剧烈，而味道也尤为鲜美。同时河豚鱼的鱼籽则是整条鱼周身毒素最为集中的地方，也是美味最为集中的地方。

所以"燕尾豚鱼籽"这五个字，可谓代表了淮扬菜系毒性最烈也最美味的一种原料。这五个字为何会被刻在御赐金牌的背面呢？

阿贵正在胡思乱想期间，却见孔老板也将自己所携的那面金牌掏了出来，同样正面向上扣在桌心，幽然道："唉，人事已尽，天命难违啊！"

徐老板犹豫片刻，终究还是无声地摇了摇头，第三面金牌经他之手也摆上了桌面。

现在众人的目光都集中在了彭老板的身上，后者脸憋得通红，兀自不愿妥协。

"彭老板，大势已去，凭你一个人就想抗得住吗？"郑荣冷冷地说道。

"不，不行……"彭老板瞪眼看着林老板等人，"我们世代祖训，这四枚金牌绝不能同时现于世间，你们……你们都忘了吗？"

"祖训？"林老板忽然古怪地一笑，"这祖训已坚守了两百年，现在既然不可能再守下去，又何必强求？我们四家传人，世世代代数十口，哪一个不是做梦都想着尽窥这四枚金牌的全貌？现在天意成全，也算是有个机会遂了我们的心愿。"

彭老板眼神一亮，目光中竟也闪出难遏的欲望。再说话时，他的语气也变得踌躇起来："可是……可是……这秘密如果泄露出去，是要遗毒世间的。"

"嘿。"林老板惨然道，"现在世间早已是生灵涂炭，这点遗毒又算得了什么？就像你我四人，与其苟且偷生，倒不如索性见识一下这'味绝天下'的秘密。"

彭老板怔住了，显然被对方的言语所动。片刻之后，他终于咬了咬牙，伸手入怀将那最后一面金牌掏了出来。

四面金牌都已聚在桌心，金光闪闪的篆字显示着四大家族昔日的辉煌。

"淮扬第一厨"。

"川菜第一厨"。

"鲁菜第一厨"。

"粤菜第一厨"。

郑荣的双眼似被那金光所晃，绽放出了异样的神采。他颤抖着伸出手，向那些金牌抓了过去。

林老板突然大喝一声："等等！"

郑荣被吓了一跳，停下来看着对方。

林老板眯着双眼："这金牌背面就藏着'味绝天下'的秘密，你想让这秘密世人皆知吗？"

郑荣如梦初醒，挥手喝令手下的仆人和军警："你们都退出去，退到院子外面！没有我的命令，谁也不许过来！"

姚府众人纷纷退出。这时林老板看看阿贵和老管家："你们俩也出去吧。"

阿贵心中大为失落，但师父的吩咐又不能不听，只好跟着老管家也退到了屋外。林老板则紧跟着关上了屋门。阿贵尚恋恋不愿离去，老管家催促道："阿贵，走吧。"

"我……我尿急，我要去个茅房。"阿贵找了个理由，转身向着院落偏僻处寻去。老管家摇摇头，一个人走向了院门口，和姚府众人一同等待着。

阿贵则悄悄转到了偏屋背后，趴在一扇窗户后面倾听屋内的动静。他实在不愿错过这"味绝天下"的秘密。

屋内初时听不到什么声音。想必是郑荣等人正在翻看那些金牌背后的秘密。片刻之后，却听郑荣惊讶地叫了起来："怎么……怎么是这样？！你们在耍我？"

"这些字迹刻在金牌上已经有两百多年，我们怎么耍你？这的确就是'味绝天下'的秘密，即使是我们四人，也是今天才第一次得知这道菜谱的全貌。"说话的是林老板。

"可是……这怎么可能？这四味用料全都是剧毒的东西，怎么能用这些来做菜！"

阿贵心中一动，明白了几分：原来那四枚金牌的背面记载的就是"味绝天下"的四味用料，如同"燕尾豚鱼籽"一样，所有的用料都是剧毒之物！可这样的用料又怎能拿来做菜呢？

屋内孔老板解答了阿贵的疑问："虽然剧毒，但同时也是绝美。

不是这样极端的用料，又怎能做出冠绝天下的美味？"

阿贵蓦然愣住：原来那传说中的天下至味竟是用这样的方法完成！他虽然不知道菜谱的全貌，但仅凭"燕尾豚鱼籽"来推测，其它三味用料必然也不是等闲之物，肯定也都身兼着至毒而又至美的两种极端！

"这不可能，这不可能！"郑荣仍难以接受眼前的现实，"你们的先祖都是尝过这道菜的。如果是这样的用料，他们便有一百条命也死了，哪能留下你们这些后代？"

徐老板的声音跟着响起："这也未必。祖上相传，这四种用料虽然剧毒，但却相生相克。只要掌握好火候，在烹制之时以大火急攻，同时上部敞露，那大部分的毒素便会随蒸汽而散。所以我们的先祖当年吃了这道菜之后，只是大病了一个月，并没有危及性命。不过……"

见对方欲言又止，郑荣等不及地追问："不过什么？"

"不过对于菜肴的烹制者来说，由于吸入过多蒸汽中的毒素，便绝无幸免的可能了。"

郑荣如遭雷击，"扑通"一声坐倒在一张椅子上，喃喃自语道："我的先祖……他，他竟是为了做菜而死？"

屋内一片寂静，话到此处，郑荣的猜测已是显而易见的事实。良久之后，才听林老板幽幽叹息了一句："现在你该明白，这'味绝天下'的'绝'字，既是'绝味'的'绝'，更是'绝命'的绝！"

"你们……你们为什么早不说明？"郑荣木然问道，"这两百年来，我郑家后人世代想着为先祖报仇，你们知道这其间受了多少苦，付出了多大的代价吗？"

"因为这道菜的诱惑力实在太大了。凡是见到菜谱的厨子，没人能够抵挡要烹制的诱惑；而凡是见到这道菜的食客，也没人能够抵挡要大口品尝的诱惑。所以这样的菜谱遗留人间，只会造成无穷的毒害。我们的先祖在饱尝一个月的毒痛折磨之后，终于下定决心，绝不能让世人知道这道菜的秘密——尤其是郑家的后人，因为你们身上流淌着那位先人的血液，你们是天生的厨子，为了追求美味会不惜一切，菜谱到了你们手中，必然会酿成害人害己的恶果。"

"可你们终于还是让我看到了……既然如此，当初何必不毁了这道菜谱呢？"

"没有人舍得。"林老板苦笑道，"因为这菜谱中实在记录了天下无双的美味。当年我们的先祖犹豫再三，还是不忍心将其销毁。于是他们把菜谱拆成四份，分别刻在了四枚金牌背面。这样每个家族只保留了菜谱的四分之一，只要后人严守祖训，各自保管自家的秘密，那这菜谱就没有合璧的机会，世人也就不会受其荼毒。"

"可今天我们终于打破了祖训。现在大家都看到了菜谱，嘿，你们谁能抵得住它的诱惑？"说话的是彭老板，他的声音变得有些沙哑，似乎正处于一种亢奋的状态中。

没人说话，死一般的沉寂传到了屋外，令阿贵不寒而栗。他深深地知道，此刻的沉默会意味着一种怎样可怕的结果！

"嘿嘿，味绝天下，味绝天下……"郑荣的声音忽然又响了起来，"依我看，两百年前的那道菜，还配不上这个词！"

"你……什么意思？"林老板颤着声音问道，显得既期待，又恐惧。

"敞着口烹制，既然毒素能散去，那美味必然也有损失！只有在烹制的时候严密封口，将所有的美味留于菜中，才能真正称得上是'味绝天下'！"

"这样的话，烹制者亦可免受其害……可是，那这道菜中岂不就含有剧毒？"

"哈哈哈。"郑荣大笑道,"就是要菜中含有剧毒。我为了给先祖报仇,在姚府委屈多年,也昧着良心干了不少恶事。这次正好有机会还还债了!"

众人心头一凛,明白了郑荣的用意:他竟是要趁给姚长平祝寿的机会,用此菜将对方毒杀,以偿还自己往日的罪行。

却听郑荣又接着说道:"你们不必担忧,今天我就放你们走。我做的事情,决不会连累诸位。"

众人沉默,并不应声。片刻之后,彭老板沙哑道:"走?天下至尊的美味就在眼前,你要我们走,我们又有谁能迈得动这步子?"

屋内响起叹息与苦笑的声音。

"走不了的……"

"这道菜,我们得一起完成才行。"

"嘿嘿,反正你们谁也别想甩下我。"

阿贵听到这里,不禁为师父的安危大为担忧。他再也按捺不住,快步抢回到偏屋门口,撞开门冲了进去。

屋内众人都被吓了一跳,待看清来人是阿贵时,这才稍稍松了口气。

"你干什么?!"林老板低声斥问道。

"师父,您……您不能留下来啊。您赶紧走吧!"阿贵跪倒在地,带着哭腔说道,"您要是有个三长两短的,我、还有一笑天酒楼该怎么办啊?"

林老板皱起眉头:"你刚才在外面偷听了?"

阿贵怯然点点头。

郑荣脸色大变,他们刚刚商量完要在姚府寿筵上下毒,这事传出去可非同小可,他目光中闪过一丝寒意,瞪着阿贵道:"你既然知道了不该知道的东西,那可就留不得你了!"

"莫得必要,莫得必要。"彭老板赶紧劝解,"这娃儿心地好得很,绝对不会把秘密泄露出去。"

郑荣面沉似水,似乎并不为所动。阿贵知道自己捅了篓子,索性把心一横:"你也不用威胁我。大不了我和你们一块做这道菜,就算死,我也要和师父死在一起。"

林老板看看郑荣,又看看阿贵,然而郑重地说道:"你不能死。因为你还有重要的事情去做。你必须把'味绝天下'的秘密传承下去。"

"什么?"阿贵一时还想不明白师父的意思,但屋内其他人心中顷刻间已如明镜一般:现在知道"味绝天下"原委的人都在这里，却只有阿贵一人尚未看到菜谱。所以唯有把这菜谱传给他，这秘密才能够继续传承而又不至于荼毒世间。

想到这一层，郑荣的神色也缓和了许多，喃喃道："好吧，好吧……难道这一切真的是天意么？"

林老板在屋内找到一个装零散杂物的小木匣子，倒空后把那四面金牌放了进去。然后他把匣子交到阿贵手中。

"师父，您这是……"阿贵惊疑不定地看着对方。

"带着这匣子回去，好好地保管它，但是永远也不要打开它，你明白吗？"林老板沉着声音说道，语气威严，不容违抗。

阿贵呜咽着点点头，眼泪已情不自禁地流了出来。

"走吧。"林老板在阿贵肩头重重地拍了拍，"以后一笑天酒楼的壮大，就靠你了。"

阿贵知道今天一去，很可能便是生离死别，他情难自已，膝行两步，抱住了师父的腿泣不成声。

郑荣蹙起眉头，不愿这种情形再久拖下去，于是高喝了一声："来人！"

几个军警应声从院口跑了过来。

"四位大厨已经答应给姚会长祝寿，这个伙计没什么用处，把他连同外面的那个老家伙一同赶出去！"

军警领命，将阿贵连拉带拽地撵出了偏屋。阿贵连声哭叫着"师父"，而他怀里则死死地守护着那个承载了太多恩怨离合的木匣子……

时光荏苒，转眼间又是半个多世纪过去了。阿贵已从当年的小伙子变成耄耋老人，在经历了风风雨雨之后，又出现在了一笑天酒楼中。在座的老少爷们全都是扬城厨界当今的佼佼者，他们的目光毫不例外地全都聚焦在了桌上的那个木匣子。

"后来怎样了？"在片刻的沉寂之后，徐叔忍不住问道，"四位老板，还有那个郑荣……"

"他们都死了……在姚府寿筵的当天，都死了……"阿贵的声音冷得让人心寒。

"是……是因为毒死了那个汉奸，所以被杀害了吗？"王天润在一旁猜测。

"不，他们是死于'味绝天下'那道菜。"阿贵淡淡地说道，"那天所有在场的人，全都被毒死了，没有一个人能抵御那道菜的诱惑。"

"什么？"徐叔难以置信地摇着头，"您的意思是：郑荣他们明知道那道菜有剧毒，也还是忍不住要吃？"

"是的。不光是他们，当时在场的很多人眼睁睁看着别人吃了菜之后中毒倒地，还是要争先恐后地抢上去，将那道菜一扫而空。他们什么也不管，在那香味的刺激下，他们一个个就像疯了一样。"

徐叔等人骇然张大了嘴。那是一个怎样可怕的场景？那又该是一道怎样可怕的美味？

王天润忽然想到了什么，质疑道："不对啊……既然所有人都中毒死了，那当时的场景，您又怎么会知道呢？"

"那天我担心师父的安危，所以在寿筵开始的时候，悄悄翻上姚府的后墙，向院子里张望。我亲眼看到师父他们把那道菜端了出来。当盘盖被揭开后，立刻引发了一阵疯狂的场面。那香味传到墙头，几乎令我失去了理智。我只想翻过墙去，加入争食的行列。这时院外的一个卫兵发现了我，一枪把我从墙头打了下来。"阿贵一边说，一边撩起衣襟，露出左肋的伤疤，"这一枪差点要了我的命，可也正是这一枪救了我的命。"

人人都明白阿贵的意思：如果那天他翻过了墙，那无疑也难逃被毒死的命运。

在众人的唏嘘声中，又听阿贵说道："可我终究闻到了那股香味，你们永远也想象不到那是一种怎样美妙的感觉。在此后的几十年中，那香味就像梦魇一样折磨着我，使我按捺不住要打开那个匣子，窥伺那道菜谱的全部秘密。当我的厨艺越高，这种冲动就越强烈，而常年的压抑也让我的脾气越变越古怪。后来我终于无法忍受，于是自断双手的拇指。这样我再也不可能操刀做菜，心中的那股欲望才渐渐地冷却下来……"

众人摇头嗟叹，此刻才明白：这个古怪老头的传奇经历，其实只是一个更加传奇的故事的余韵而已。

"好了，我要讲的也讲完了。这个匣子，包括匣子里的秘密从今天开始就传给了你。你好自为之吧。"阿贵对徐叔说完这句话，自顾自地起身向门外走去。

"师公，您……"徐叔抢上前一步，想要搀扶对方，但却被阿贵一把推开。

"不要管我，看好那个匣子。"阿贵颤巍巍地说道，语气和神态却充满了难以抗拒的威严。然后他蹒跚着走出了酒楼，就像来时一样，孤独无踪。

徐叔愣了片刻，直到周围众人的议论声将他惊醒。

"你们说，除了那燕尾豚鱼籽之外，其他的三味用料会是什么?"

"剧毒而又美味的,肯定少不了毒蘑菇吧?"

"听说东海有一种海螺,鲜美无比,但也有剧毒。"

"唉,你们想得都太普通了,就凭这些,哪能入得了'味绝天下'的菜谱?"

"是啊,无论是美味还是毒性,怎么也得跟燕尾豚鱼籽一个级别才行!"

……

王天润最为年轻,也最是沉不住气,他终于壮起胆子提出了一个建议:"要不,咱们打开看看?"

纷杂的议论声顿时沉寂了下来,在场众人神色各异,有人惊惶,有人期待,但所有人的目光全都看向了徐叔。

徐叔坚定地摇了摇头,在座有人长长吁了口气,悬着的一颗心放了下来;也有人失望地"唉"了一声。

"我要保护好这个秘密,这是我的职责。"徐叔看着那个匣子幽幽地说道,那匣子闪着黝黑的光芒,映在徐叔眼中,却又幻化出一丝欲望——难以抑制的欲望。

"那秘密必须有人去继承——但我更加清楚,继承者会因此而面对可怕的劫难……"

阿贵的声音兀自在徐叔耳边萦绕着,他苦笑了一下。

是的,他已经清楚地明白了师公这句话中的含义,只是现在要后悔,却已经太晚了……

图书在版编目（CIP）数据

味绝天下 / 周浩晖著. — 南京：江苏凤凰文艺出版社，2017.4
ISBN 978-7-5594-0135-9

Ⅰ.①味… Ⅱ.①周… Ⅲ.①中篇小说—小说集—中国—当代 ②短篇小说—小说集—中国—当代 Ⅳ.① I247.7

中国版本图书馆 CIP 数据核字（2017）第 068456 号

书　　名	味绝天下
著　　者	周浩晖
责 任 编 辑	李　黎
出 版 发 行	江苏凤凰文艺出版社
出版社地址	南京市中央路 165 号，邮编：210009
出版社网址	http://www.jswenyi.com
印　　刷	三河市华东印刷有限公司
开　　本	890×1240 毫米　1/32
印　　张	6.75
字　　数	105 千字
版　　次	2017 年 4 月第 1 版　2022 年 1 月第 3 次印刷
标 准 书 号	ISBN 978-7-5594-0135-9
定　　价	35.00 元

（江苏凤凰文艺版图书凡印刷、装订错误可随时向承印厂调换）